셰익스피어 소네트

셰익스피어 소네트

윌리엄 셰익스피어

피천득 옮김

THE SONNETS
William Shakespeare

세대를 초월한 영원한 존재

피천득

셰익스피어에 대하여

윌리엄 셰익스피어(William Shakespeare)는 1564년 영국 중부의 한 작은 촌, 스트랫퍼드어폰에이번에서 출생하였다. 부친은 한때는 상당한 상인이었으나 몰락하여, 윌리엄은 13세에 초등학교를 퇴학하였다. 18세 때 아마 강제로 자기보다 여덟 살이나 연상인 여자와 결혼하여 첫딸과 쌍둥이 남매를 두었다. 1586년 그는 22세 때 불분명한 이유로 혼자서 런던으로 달아났다.

런던에서 그는 극단과 극장에 투신하여 배우 노릇을 하고, 1590년경부터는 극작(劇作)을 하여 명성과 재산을 얻게 되었다. 1611년 47세 때 고향으로 은퇴한 그는 1616년 52세로 세상을 떠날 때까지 만고의 걸작인 30여 편의 희극·비극·역사극, 그리고 수 편의 서사시(敍事詩)와 자기 사생활을 엿볼 수 있는 소네트들을 썼다.

우리가 흔히 듣는 말로, '인도(印度)는 내놓을지언정 셰익스피어는 안 내놓겠다.'라고 한 칼라일의 명언은 인도가 독립할 것을 예상하고 한 말은 아니요, 셰익스피어의 문학적 가치가 영국이 인도에서 향유하던 막대한 정치적·경제적 가치보다도 더 크다는 것을 말하였던 것이다. 셰익스피어를 가리켜 '천심만혼(千心萬魂)'이라고 부른 비평가도 있고, 한 그루의 나무가 아니요, '삼림(森林)'이라고 지적한 사람도 있다.

우리는 그를 통하여 수많은 인간상을 알게 되며 숭고한 영혼에 부딪히는 것이다. 그를 감상할 때 사람은 신과 짐승의 중간적 존재가 아니요, 신 자체라는 것을 느끼게 된다.

그는 우리를 몰라도 우리는 언제나 그의 이야기를 들을 수 있다. 이런 점에서 그는 세대를 초월한 영원한 존재이다. 그의 이야기를 듣는 데는 노력이 요구된다. 그러나 이는 너무나 큰 보상을 주는 노력이다.

마음 내키는 때 책만 펴면 '햄릿', '폴스타프', 애련한 '오필리아', 속세의 티끌 하나 없는 '미란다', 무던한 마음의 화신인 '코딜리아', 지혜로우면서도 남성이 되어 버리지 않은 '포셔', 멜로디와 향기로 창조한 '에어리얼'이 금시 살아서 뛰어나오는 것이다.

셰익스피어는 때로는 속되고, 조야하고, 쌍스럽기까지 하다. 그러나 그의 문학의 바탕은 사랑과 미다. 그의 글 속에는 자연의 아름다움, 풍부한 인정미, 영롱한 이미지, 그리고 유머와 아이러니가 넘쳐흐르고 있다. 그를 읽고도 비인간적인 사람은 없을 것이다.

『한여름 밤의 꿈』, 『좋으실 대로』, 『태풍』 같은 극을 좋아하는 사람은 마음이 나빠도 한도가 있을 것이다. 콜리지는 그를 가리켜 '아마도 인간성이 창조한 가장 위대한 천재'라고 예찬하였다. 그 말이 틀렸다면 '아마도'라는 말을 붙인 데 있을 것이다.

소네트에 대하여

소네트(Sonnet)는 이탈리아, 프랑스, 스페인, 영국 등 여러 나라의 시형(詩形)으로 약 13세기경 이탈리아나 프랑스에서 시작되었다고 한다.

영국에서는 16세기 엘리자베스조(朝) 때 이탈리아로부터 들어와 성왕하기 시작하였다. 필립 시드니, 에드먼드 스펜서,

셰익스피어 등이 당시 유명한 소네트 작가들이며, 현대 시인들에 이르기까지 많은 시인들이 소네트를 써 왔다. 소네트는 영국에 있어 가장 정형적인 시형이다. 소네트는 14행으로 되어 있으며 1행은 열 개의 음절(音節), 즉 엄밀히 말하면 약강오보격(iambic pentameter)으로 되어 있다. 약강(iambic)이란 말은 악센트가 약강 약강으로 된 운각(韻脚·foot)을 말하며, 이 운각이 다섯 개로 된 것을 약강오보격이라고 한다. 무운시(blank verse)나 영웅시격(heroic couplet)을 위시하여 영국의 시행(詩行) 대부분은 이 약강오보격으로 되어 있다. 영국에 있어서 소네트는 두 가지 형이 있는데, 하나는 이탈리아형 소네트요 다른 하나는 영국형 소네트이다. 이탈리아형 소네트는 페트라르칸 소네트(Petrarchan sonnet)라고도 하며, 영국형 소네트는 셰익스피어 소네트(Shakespearian sonnet)와 스펜서리안 소네트(Spenserian sonnet) 두 가지 타입이 있다. 이탈리아형 소네트는 옥타브(Octave)라 부르는 전장(前章) 8행과 세스텟(Sestet)이라 부르는 후장(後章) 6행으로 되어 있다.

이 옥타브와 세스텟은 그 운(韻)이 abba abba cde로 되어 있다.(후장의 세스텟에 있어서는 cdcacd 또는 cde cde로 변하기도 한다.) 영국형 소네트에 있어서는 4행씩으로 된 세 분단이 전장이 되고 마지막 2행이 후장이 된다. 그 운은 셰익스피어 소네트에 있어서는 abab cdcd efef gg로 되어 있고, 스펜서리안 소네트에 있어서는 abab bcbc cdcd ee로 되어 있다. 이탈리아형 소네트에 있어서는 전장에서 일으켜진 시상이 후장에 와서 결(結)을 보게 된다. 다시 말하면 전장에서 지시된 문제나 서술이 후장에서 풀리고 대답되는 것이다. 마치 바다의 물결이 들이쳤다가 다시 바다로 나가는 것과 같다고 할 수 있다. 영국형 소네트에 있어서는 한시(漢詩) 절구(絶句)에서 기승전결과 같이 먼저 세 분단에서 전개된 상(想)이 마지막 두 줄에 와서 클라이맥스적인 안정을 갖게 되는 묘미가 있다. 일반적으로 영국형은 우아하고 재치 있고, 영시에 있어서의 이탈리아형은 정중하고 심각하다.

시조를 풍월이라고 하듯이 소네트를 시의 스포츠라고
말한 사람이 있다. 즉 가벼운 장난이나 재담이란 말이다. 사실
엘리자베스조 소네트 속에는 가볍고 재치 있는 말재주들이 있다.

그러나 엄숙하고 심원(深遠)한 사상을 밀턴이나 워즈워스는
소네트로 발표하였다. 또 소네티어(sonneteer)라고 낮춰 불러 소네트
작가들을 멸시하는 때도 있었다. 그래서 워즈워스는 「소네트
작가를 멸시하지 말라」는 소네트까지도 쓴 일이 있다. 소네트라고
하여 시형에다 말만 채워 넣어 기계적이고 빈약한 것들을 써낸
사람들이 있었기 때문이다. 우리나라 시조(時調)에도 한시를 그냥
가져오거나 한시에다 토를 달거나 유교적 윤시(倫詩)를 나열한
것들이 많아, 시라고 할 수 없는 것들이 있는 것과 마찬가지이다.

소네트는 한순간의 기념비(紀念碑)란 말이 있다. 소네트가
단일하고 간결한 시상을 담는 형식이므로 이 순간의 기념비란
말에 진리가 없는 바는 아니나, 이 순간적 표현으로 시상이
결정화되기까지에는 뿌리 깊은 상이 오래 숨어 있다가 되나오는
수가 많다. 소네트가 너무 짧아서 심원한 상을 담기 어려운
감도 있으나 소네트들의 연결, 즉 시퀀스 오브 소네트(Sequence of
sonnets)를 쓸 수도 있다. 시드니의 『아스트로펠과 스텔라(Astrophel
and Stella)』, 스펜서의 『아모레티(Amoretti)』, 또 엘리자베스
브라우닝의 『포르투갈인의 소네트(Sonnets from the Portuguese)』,
크리스티나 로세티의 『이름 없는 귀부녀(Monna Innominata)』 등이
있다. 소네트 오브 소네트(Sonnet of sonnet)라고 하여 열두 개의
소네트를 연결시킬 수도 있다.

우리나라 시조에서 과거에 퇴계의 「도산십이곡(陶山十二曲)」,
율곡의 「고산구곡가(高山九曲歌)」, 고산(孤山)의 「오우가(五友歌)」,
근래에 와서 춘원(春園)·노산(鷺山)·가람(嘉藍) 같은 분들의
연시조(聯詩調)를 연상케 한다. 이런 경우에 있어 시조 하나하나가
서로 의존하지 아니하고 독립해서 존재할 수 있으며, 또한 연결

속에 통일성을 가져야 하는 것과 같이 시퀀스 오브 소네트에서도
그러하다. 소네트는 엄격한 정형시이기 때문에 시인은 표현에
있어 많은 제한을 받게 된다. 즉 압축된 농도 진하고 간결한
표현을 하기 위하여 모든 시적 기교(技巧)를 부려야 한다. 그리고
소네트는 시상의 집중체(集中體)이므로 한 말 한 말이 다 불가결한
것이라야 하며 존재의 이유가 있어야 한다. 감정이나 사상의 제한
없는 토로가 아니고 재고 깎고 닦고 들어 맞춘 예술품이라야
한다. 이런 시형에 맞추느라고 노력하는 중에 뜻하지 아니한
좋은 표현을 할 수도 있다. 수백 년간 지켜 내려온 소네트형에는
영국 민족에게 생리적으로 부합되는 무슨 자연성이 있는가 싶다.
그러기에 대시인(大詩人) 셰익스피어는 154편의 소네트를 썼으며,
워즈워스는 500수(首)를 넘게 쓰고, 밀턴과 키츠도 많은 위대한
소네트를 썼다. 시드니와 스펜서, 셰익스피어 등 엘리자베스조
소네트 작가들은 영국형 소네트를 썼으며, 밀턴과 워즈워스는
이탈리아형 소네트를 더 좋아하였고, 키츠는 두 가지 형식의
소네트를 다 같이 아울러 잘 썼다. 아무려나 16세기부터 현대에
이르기까지 소네트는 영국에서 가장 많이 사용한 정형적인
시형이다.
　특히 여성 시인들이 소네트를 사랑하여 엘리자베스
브라우닝과 크리스티나 로세티, 현대에 이르러 에드나 세인트
빈센트 밀레이가 많은 아름다운 소네트를 썼다. 그들은
우리나라의 황진이를 생각게 한다.
　끝으로 소네트와 우리 시조를 비교하여 본다면, 첫째 둘 다
유일한 정규적 시형으로 수백 년간 끊임없이 사용되었다는
점, 둘째 많은 사람들이 써 왔다는 점이 같다. 영국에서 시인
아닌 사람들도 소네트를 써 왔으며, 우리나라에서도 학자나
시인 이외에 임금으로부터 서민에 이르기까지 시조를 써 왔다.
현존하는 시조가 2000수밖에 안 되나 그중에 작가 미상을
제외하고 알려진 작자만 해도 200명을 초과한다. 셋째 소네트에

있어서나 시조에 있어서나 전대절(前大節)과 후소절(後小節)이 내용에 있어서나 형식에 있어서나 확실히 구분되어 있다. 특히 영국형 소네트는 우리나라 시조와 매우 같다 할 것이며, 소네트의 마지막 두 줄은 시조의 종장에서와 같이 순조로운 흐름을 깨뜨리며 비약의 미와 멋을 보여 주는 것이다. 넷째 내용에 있어 소네트나 시조 모두 다 애정을 취급한 것이 많다. 엘리자베스조 소네트의 거의 대부분은 사랑을 취급하였으며, 후세의 시인이 사랑에 대하여 읊을 여지가 없이 만들어 놓았다는 말까지 있다. 우리나라 시조로 말하더라도 조윤제 박사의 통계에 의하면 시조류이(詩調類耳) 1405수 중 352수가 남녀의 사랑과 이별사상(離別思想)을 취급하였다.

소네트와 시조의 상이점을 들어 본다면, 엇시조나 사설시조를 제외하고는 평시조 한 편만을 소네트와 고려할 때 시형의 폭이 좁다고 할 것이요, 따라서 시조에서는 시상의 변두리만 울려 여운을 남기고, 소네트에 있어서는 적은 공간 안에서도 설명과 수다가 많다.

영시에 있어서도 자연의 미는 가장 중요한 미의 하나를 차지하고 있지마는, 시조에 있어서와 같이 순수한 자연의 미를 예찬한 것이 드물다. 시조는 폐정(閉靜)과 무상(無常)을 읊는 것이 극히 많으며, 한 많고 소극적이나 소네트의 시상은 낙관적이며 종교적 색채를 가진 것이 많다.

소네트나 시조나 복잡다단한 현대 생활에서, 시의 주류적인 역할은 할 수 없으나 마땅히 일면을 차지하고 나갈 것이다. 서양인 생활에도 소네트 시형에 맞는 면이 있고, 시조에도 우리의 생리와 조화되는 점이 지금도 있을 것이다. 시조의 경지는 초현실주의(Surrealism)나 실존주의(Existentialism)보다는 더 가까운 데가 있다.

『셰익스피어 소네트』에 대하여

셰익스피어의 작품 전부를 시라고 할 수 있다. 그러나 극이
아닌 시로 가장 중요한 것은 『셰익스피어 소네트』이다. 물론
셰익스피어의 극 속에 들어 있는 수많은 노래들도 문학적 가치가
있는 아름다운 것들이다. 또 그에게는 『비너스와 아도니스』,
그리고 『루크리스의 강간』 등 중요한 두 서사시와 기타 3~4종이
있으나, 셰익스피어 작품으로는 손색이 있는 것들이다.

『셰익스피어 소네트』는 전부 154편으로 대개 1590년대부터
1609년 사이에 창작된 것들이다. 초판이 발행된 것이
1609년이다. 편자(編者)라고 인정되는 T. T.(Thomas Thorpe)가 쓴
헌정사(獻呈辭)는 왜 셰익스피어 자신이 아니 썼는지, 또 헌정의
상대인 W. H.가 누구인지는 아직도 의문시되고 있다. W. H.는
펨브로크 백작인 윌리엄 허버트(William Herbert)라는 설이
유력하기도 하나, 확실하지는 않다.

『셰익스피어 소네트』의 줄거리는 대단히 단순하다. 인물은
시인인 작가와, 그의 고귀하고 수려한 젊은 친구와, 살결이 희지
않고 눈과 머리털이 검은 여인 세 사람이다. 시인은 친구를
끔찍이 아끼고 사랑한다. 그 사랑은 우정 이상의 것으로, 마치
애인에게 주는 것과 같다. 그런데 친구는 시인을 배반하고
그에게서 검은 여인을 빼앗아 간다. 시인은 한때 몹시 상심하나,
관대 이상의 관대한 마음으로 다시 친교를 회복한다. 그는 그
여인을 악마라고까지 비난하나, 자기 친구는 유혹받은 천사로
여긴다.

이 등장인물이 실제로 누구인지는 확실치 않다. 학자들이
전기적(傳奇的) 흥미를 가지고 연구하여 왔으나, 만족할
만한 해답에 도달하지 못하였다. 가장 유력한 학설은
'사우샘프턴설(The Southamphton Theory)'와 '펨브로크설(The Pembroke
Theory)' 두 가지이다. 사우샘프턴 백작의 본명은 헨리 리즐리(Henry

Wriothesley, 1573~1624)로 셰익스피어의 후원자였다. 그는 우아하고
수려했으며, 문학 애호자였으며, 1593년 셰익스피어는 그에게
『비너스와 아도니스』, 그 이듬해에『루크리스의 강간』을
헌정하였다. 그는 셰익스피어보다 나이가 아홉 살 아래이며,
소네트 124번 1행에 언급된 '좋은 가문의 아이(child of state)'이기도
하였다.

　　『셰익스피어 소네트』를 헌정 받은 W. H.도 헨리 리즐리의 H. W.를
일부러 거꾸로 W. H.라고 썼다는 설도 있다.

　　펨브로크설은『셰익스피어 소네트』의 주인공인 시인의 친구가
펨브로크 백작인 윌리엄 허버트(1580~1630)라는 것이다. 허버트는
당시 일반의 경애(敬愛)를 한몸에 지니고, 엘리자베스 여왕의
총애를 받던 사람이었다. 그의 나이는 셰익스피어보다 열여섯 살
아래였다. 그는 여왕의 시녀인 메리 필턴 부인에게 연정을 가져
사생아까지 낳게 되었다. 그 결과로 둘 다 조정에서 추방되고,
일시 투옥까지 당하였었다. 이 여인이 바로『셰익스피어
소네트』의 '검은 여인'이라고 말하는 학자들도 있다. 그리고
윌리엄 허버트와 시인의 친구와 W. H.는 동일인이라는 설이 또한
유력하다. 어쨌든 이 두 파는 아직도 논쟁을 하고 있다. 그 외에도
여러 다른 주장들이 있어 흥미를 끌고 있다.

　　『셰익스피어 소네트』는 2부로 나누어지는데,
1부(1~126번)에서는 시인이 주로 젊은 친구에게 찬사와 충고를
주며, 2부(127~154번)에서는 주로 여인의 미를 예찬하고 그의
부정을 비난한다. 이 구분은 그다지 정당한 것은 아니다. 1부 중
약 80편의 소네트들은 대명사와 기타 용어로 남성에게 말한 것이
증명되나, 나머지 40편에는 성별이 나타나 있지 않다. 소네트 105,
116, 119, 121번과 같이 명상적 독백도 있고, 66번과 123번 같이
죽음이나 세월에 향하여 기원하는 것도 있다. 2부 역시 이색적인
것들이 있으며, 특히 마지막 153번과 154번은 희랍 시대의 전설을

소재로 한 시를 영어로 자유역(自由譯)한 것들이다. 1부 소네트 1번부터 17번까지는 친구에게 결혼하기를 권하는 것이 주제로 된 것들인데, 좀 지루한 감을 준다.

『셰익스피어 소네트』는 연가(連家)지만 연결된 이야기로는 명료하지 않은 점이 있다. 어떤 시편은 거의 관련성이 없기도 하다. 또한 각 편에는 우열의 차가 있다. 어떤 것들은 다만 기교 연습에 지나지 않는 반면 어떤 것들은 애정의 환희와 고뇌를 우아하고 재치 있게 표현하였으며, 그 속에 진실성과 심오한 철학이 있다.

이렇듯 『셰익스피어 소네트』는 같은 빛깔이면서도 여러 종류의 구슬이 섞여 있는 한 목걸이로 볼 수도 있고 독립된 구슬들이 들어 있는 한 상자라고 할 수도 있는 것이다. 그의 친구의 아름다움이 과장되어 있고 수다스러우면서 너무 단조롭기도 하다. 그러나 우정 또는 애정이 이리도 숨김 없이 종횡무진하게 토로된 것은 드물 것이다. 여기에는 단순과 기교가 조화되어 있으며 대부분의 시편들이 우아하고 명쾌하다.

특히 좋은 시편들은 영문학 사상 가장 위대한 걸작으로 12, 15, 18, 25, 29, 30, 33, 34, 48, 49, 55, 60, 66, 71, 73, 97, 98, 99, 104, 106, 107, 115, 116, 130, 146번 등이 여기에 속한다.

차례 _____

뒤에 나오는 소네트들의 유일한 획득자인 W. H.에게

영생의 시인이 약속한 모든 행복과 불멸을

호의를 가진 과감한 출판자는 바라노라.

— T. T.

1

From fairest creatures we desire increase,

That thereby beauty's rose might never die,

But as the riper should by time decease,

His tender heir might bear his memory:

But thou, contracted to thine own bright eyes,

Feed'st thy light's flame with self-substantial fuel,

Making a famine where abundance lies,

Thyself thy foe, to thy sweet self too cruel:

Thou that art now the world's fresh ornament,

And only herald to the gaudy spring,

Within thine own bud buriest thy content,

And tender churl mak'st waste in niggarding:

    Pity the world, or else this glutton be,

    To eat the world's due, by the grave and thee.

1

가장 아름다운 사람에게서 번식을 바람은,
미(美)의 장미 *를 죽이지 않게 하려 함이라.
세월이 가면 장년(壯年)은 죽나니,
고운 자손이 그의 모습을 계승할지라.
그러나 그대는 자신의 찬란한 눈과 약혼하여,
자신을 연료로 태워 그 불꽃을 불붙게 하고 있도다.
풍요가 있는 곳에 기근(饑饉)을 만들고,
적(敵)인 양 자신에게 너무도 가혹하여라.
이 세상의 싱싱한 장식품이요,
찬란한 봄의 유일한 전령(傳令)인 그대는,
가진 전부를 자신의 꽃봉오리 속에 묻어 버리고,
아낀다는 그것이 낭비를 함이로다. 아, 마음 고운 인색한
이여.
　　세상을 동정하라 안 하려거든 걸귀가 되어,
　　모든 것을 무덤과 함께 먹어 버리라.

---

* 미의 극치(極致).

2

When forty winters shall besiege thy brow,
And dig deep trenches in thy beauty's field,
Thy youth's proud livery so gazed on now,
Will be a tatter'd weed of small worth held:
Then being asked, where all thy beauty lies,
Where all the treasure of thy lusty days;
To say, within thine own deep sunken eyes,
Were an all-eating shame, and thriftless praise.
How much more praise deserv'd thy beauty's use,
If thou couldst answer 'This fair child of mine
Shall sum my count, and make my old excuse,'
Proving his beauty by succession thine!
    This were to be new made when thou art old,
    And see thy blood warm when thou feel'st it cold.

2

마흔의 성상(星霜)이 그대의 이마를 에워싸고,
그대의 아름다운 얼굴에 도랑을 팔 때가 오면,
지금은 이렇게 사람의 눈을 끌던 청춘의 자랑스러운
활옷은
가치 없는 누더기가 되어 버리리라,
그때, 그대의 미는 어디 갔으며,
한창 시절의 보배는 다 어디 있느냐는 물음에
움푹 들어간 그대의 눈 속에 있다고 대답하는 것은,
제 입만 아닌 치욕이요 낭비한 것을 뽐내는 것이다.
그때 그대가 '내 고운 아이가, 내가 받은 미의 값을
치르고, 늙음을 변호한다'고 대답할 수 있다면,
그 아이의 미가 그대의 유전인 것을 증명하면서,
그대의 미의 선용(善用)이 얼마나 칭찬을 받을 것인가!
그 아이야말로 그대가 늙었을 때 젊게 해 주고,
피가 차가워질 때 피가 따뜻함을 인식하게 하리라.

3

Look in thy glass and tell the face thou viewest
Now is the time that face should form another;
Whose fresh repair if now thou not renewest,
Thou dost beguile the world, unbless some mother.
For where is she so fair whose unear'd womb
Disdains the tillage of thy husbandry?
Or who is he so fond will be the tomb,
Of his self-love to stop posterity?
Thou art thy mother's glass and she in thee
Calls back the lovely April of her prime;
So thou through windows of thine age shalt see,
Despite of wrinkles this thy golden time.
    But if thou live, remember'd not to be,
      Die single and thine image dies with thee.

3

눈앞의 거울을 들여다보고 그대의 얼굴에게 이르시라.
이제 이 얼굴이 또 하나의 얼굴을 형성할 때가 왔노라고.
지금 새롭게 하여 재생(再生)시키지 않으면
그대는 세상을 기만하고 한 모성(母性)의 축복을 뺏는
것이라.
그대에게 첫 가래질 받는 것을
천히 여길 여성이 어디 있으리요?
또 그리고 남자로서 누가 자애(自愛)의 무덤에 묻혀,
후손의 대(代)를 끊으리요?
그대는 어머니의 거울이니, 어머니는 그대를 보고
그의 청춘의 아름다운 사월을 다시 찾으리라.
그대도 노경(老境)에 자식을 통하여
주름살이 잡히더라도 다시 황금시대를 볼 것이라.
　그러나 그대가 잊어버려질 생애를 살고,
　독신으로 죽는다면 그대의 모습도 같이 죽으리.

4

Unthrifty loveliness, why dost thou spend
Upon thy self thy beauty's legacy?
Nature's bequest gives nothing, but doth lend,
And being frank she lends to those are free:
Then, beauteous niggard, why dost thou abuse
The bounteous largess given thee to give?
Profitless usurer, why dost thou use
So great a sum of sums, yet canst not live?
For having traffic with thy self alone,
Thou of thy self thy sweet self dost deceive:
Then how when nature calls thee to be gone,
What acceptable audit canst thou leave?
　　Thy unused beauty must be tombed with thee,
　　Which, used, lives th' executor to be.

4

미모를 낭비하는 그대여, 왜 그대는 미의 유산을,
자기 일대에만 소비하느뇨?
자연의 유산은 아주 주는 것이 아니고 빌려주는 것.
그는 관대함으로 해서 관대한 사람에게만 빌려주느니.
아름다운 인색자(吝嗇者)여, 그대는 왜 전하라고 주어진
풍성한 미를 남용하느뇨?
이득 없는 대금업자여, 왜 그대는 그렇게 큰 금액을
쓰면서 오래 살지 않느뇨?
그대는 자기에게만 관심을 가짐으로써
자기 자신의 미를 스스로 저버리도다.
그러니 자연이 그대의 돌아갈 것을 명령할 날,
어떻게 그대는 시인(是認)받을 계산서를 남겨 놓으려느뇨?
그대의 쓰지 못한 미는 그대와 함께 묻힐 것이라.
그것이 사용됐던들 유언 집행자가 되어 사 올 것을.

5

Those hours, that with gentle work did frame

The lovely gaze where every eye doth dwell,

Will play the tyrants to the very same

And that unfair which fairly doth excel;

For never-resting time leads summer on

To hideous winter, and confounds him there;

Sap checked with frost, and lusty leaves quite gone,

Beauty o'er-snowed and bareness every where:

Then were not summer's distillation left,

A liquid prisoner pent in walls of glass,

Beauty's effect with beauty were bereft,

Nor it, nor no remembrance what it was:

But flowers distill'd, though they with winter meet,

Leese but their show; their substance still lives sweet.

5

모든 사람의 시선을 끌던,
아름다운 모습을 만들어 '시간'은,
바로 그 모습에 대하여 폭군(暴君)의 역할을 하여,
뛰어난 미를 불미스럽게 만들도다.
부단히 흐르는 시간은 여름을
무서운 겨울로 이끌고 가서는 그를 소멸시키며,
수액(輸液)은 서리를 맞고 생생한 잎새들은 사라져,
미는 눈에 덮여 모든 곳은 황량하여라.
그때 만약 여름의 증류물(蒸溜物)인 그 액체의 포로가
유리병 속에 남아 있지 않다면,
미의 소산(所産)도 미와 같이 빼앗기고,
미도 그 미의 기억도 잃어버리리라.
　　　그러나 증류가 되면 겨울이 온다더라도,
　　　꽃은 그 형체 잃지만 본질은 영원히 향기로우리라.

6

Then let not winter's ragged hand deface,

In thee thy summer, ere thou be distill'd:

Make sweet some vial; treasure thou some place

With beauty's treasure ere it be self-kill'd.

That use is not forbidden usury,

Which happies those that pay the willing loan;

That's for thy self to breed another thee,

Or ten times happier, be it ten for one;

Ten times thy self were happier than thou art,

If ten of thine ten times refigur'd thee:

Then what could death do if thou shouldst depart,

Leaving thee living in posterity?

    Be not self-will'd, for thou art much too fair

      To be death's conquest and make worms thine heir.

6

그러니 엄동(嚴冬)의 거친 손으로
그대의 여름을 상하지 못하게 하라, 그대 증류되기 전에.
한 고운 병을 만들어 거기에 미의 보배를 저장하라,
그것이 자멸(自滅)되기 전에.
이런 활용은 금제된 고리업이 아니고,
즐거이 빚지고 갚는 자에게 행복을 주도다.
또 하나의 그대를 양육함은 그대 자신을 위함이라.
하나에서 열이 되면 세상은 열 곱 더 행복하게 되고,
그 열 배가 열 번 다시 그대를 재생하면
지금 그대보다 열 곱 더 행복하리라.
죽음인들 제 어찌하리?
후손 속에 그대를 남기고 떠나간다면.

　　　고집을 부리지 말라, 그대는 너무도 아름답도다,
　　　죽음에 정복되고 벌레들을 후계자로 만들기에는.

7

Lo! in the orient when the gracious light
Lifts up his burning head, each under eye
Doth homage to his new-appearing sight,
Serving with looks his sacred majesty;
And having climb'd the steep-up heavenly hill,
Resembling strong youth in his middle age,
Yet mortal looks adore his beauty still,
Attending on his golden pilgrimage:
But when from highmost pitch, with weary car,
Like feeble age, he reeleth from the day,
The eyes, 'fore duteous, now converted are
From his low tract, and look another way:
　　So thou, thyself outgoing in thy noon:
　　Unlook'd, on diest unless thou get a son.

7

보라, 동녘에 찬란한 태양빛이
그 불타는 머리를 들면 하계(下界)의 무리들은,
그의 새로 나타나는 광경을 우러러보고,
그 숭고한 존엄성에 경의를 표한다.
한창 시절의 혈기 있는 청춘인 양
태양이 준엄한 천공(天空)의 마루턱에 오르면,
인간은 그의 찬란한 여정을 시종(侍從)하면서
변함없이 그의 미를 찬미하노라.
그러나 절정(絶頂)으로부터, 지친 수레를 타고
노년처럼 그가 한낮을 벗어나면,
전에 충성하던 무리들은 눈을 돌려
그의 내려가는 쪽으로부터 다른 곳을 바라보리라.
　　그처럼 그대도 후손 없이 한낮을 지낸다면,
　　바라다보는 시선도 못 받고 가리라.

8

Music to hear, why hear'st thou music sadly?
Sweets with sweets war not, joy delights in joy:
Why lov'st thou that which thou receiv'st not gladly,
Or else receiv'st with pleasure thine annoy?
If the true concord of well-tuned sounds,
By unions married, do offend thine ear,
They do but sweetly chide thee, who confounds
In singleness the parts that thou shouldst bear.
Mark how one string, sweet husband to another,
Strikes each in each by mutual ordering;
Resembling sire and child and happy mother,
Who, all in one, one pleasing note do sing:
    Whose speechless song being many, seeming one,
    Sings this to thee: 'Thou single wilt prove none.'

8

들기 좋은 음악이신 그대여, 왜 음악을 슬퍼하시느뇨?
미는 미와 반목(反目)되지 않고, 기쁨은 기쁨 속에
즐겁거늘.
그대는 왜 들어서 기쁘지 아니한 것을 사랑하느뇨?
왜 괴로움이 되는 것을 들으려 하느뇨?
혼인(婚姻)으로 맺어져 잘 조화된
진정한 화음(和音)이 그대의 귀를 거스른다면,
그것은 그대를 아름다운 소리로 꾸짖는 거라,
병창에서 떨어져 자기의 맡은 부분을 깨뜨리는 그대를.
들으라, 하나의 현(絃)은 다른 현의 고운 짝이 되어,
서로 어울려 묘음(妙音)을 내는 것을,
마치 모두가 하나 되어 한 즐거운 곡조를 노래하는
아버지와 아들과 행복한 어머니같이.
    그 말 없는 노래는 여럿이지만 하나처럼
    그대에게 이렇게 노래한다. '혼자서는 보람을 못
  갖는다'고.

9

Is it for fear to wet a widow's eye,

That thou consum'st thy self in single life?

Ah! if thou issueless shalt hap to die,

The world will wail thee like a makeless wife;

The world will be thy widow and still weep

That thou no form of thee hast left behind,

When every private widow well may keep

By children's eyes, her husband's shape in mind:

Look! what an unthrift in the world doth spend

Shifts but his place, for still the world enjoys it;

But beauty's waste hath in the world an end,

And kept unused the user so destroys it.

    No love toward others in that bosom sits

      That on himself such murd'rous shame commits.

9

독신으로 그대 생을 마치려는 것은
과부의 눈을 적실까 봐 두려워하는 것이뇨?
아, 그대가 자손이 없이 죽는다면,
온 세상이 통곡하리라, 짝을 잃은 과부와 같이.
세상은 그대의 미망인이 되어
그대가 모습도 남기지 않았음을 길이 슬퍼하리라.
세상의 과부들은 남편의 모습을 아이들의 눈에서 찾아
마음속에 간직하느니
보라, 세상의 어떠한 낭비자도 다만 그 재물의 자리를
바꿀 뿐
세상은 언제나 그것을 지니고 있도다.
그러나 미의 낭비는 그것으로 마지막이라.
쓰지 않고 보존하면 그것은 소멸하는 것.
　　자신에게 이런 죄악을 범하고,
　　그런 가슴속에 어찌 남에게 향한 사랑이
　　있으리요.

10

For shame! deny that thou bear'st love to any,

Who for thy self art so unprovident.

Grant, if thou wilt, thou art belov'd of many,

But that thou none lov'st is most evident:

For thou art so possess'd with murderous hate,

That 'gainst thy self thou stick'st not to conspire,

Seeking that beauteous roof to ruinate

Which to repair should be thy chief desire.

O! change thy thought, that I may change my mind:

Shall hate be fairer lodg'd than gentle love?

Be, as thy presence is, gracious and kind,

Or to thyself at least kind-hearted prove:

 Make thee another self for love of me,

  That beauty still may live in thine or thee.

10

자신에 대해서 소홀히 하는 그대는,
부끄러움을 알고 누구에게 대한 사랑도 부정하라.
많은 사람들에게 사랑을 받고 있노라 생각하려거든 하라.
그러나 그대가 아무도 사랑하지 않음은 명백하도다.
무서운 증오에 사로잡혀,
자신에 대한 모반(謀反)을 무릅쓰고,
그 아름다운 집을 파괴하려 하나니.
그 집을 수복하는 것이 그대의 대원(大願)이어야 할 것을.
개심(改心)하라, 그대에 대한 나의 견해를 고치게 하라!
고운 사랑이 깃들일 집에 증오가 깃들어서야?
그대의 외모처럼 아름답고 친절하라.
자신에게라도 온정을 보이라.
　　나의 사랑을 위하여 제2의 그대를 만들라.
　　미가 그대 위에, 또 자손들 위에 영존하도록.

11

As fast as thou shalt wane, so fast thou grow'st,

In one of thine, from that which thou departest;

And that fresh blood which youngly thou bestow'st,

Thou mayst call thine when thou from youth convertest,

Herein lives wisdom, beauty, and increase;

Without this folly, age, and cold decay:

If all were minded so, the times should cease

And threescore year would make the world away.

Let those whom nature hath not made for store,

Harsh, featureless, and rude, barrenly perish:

Look, whom she best endow'd, she gave thee more;

Which bounteous gift thou shouldst in bounty cherish:

    She carv'd thee for her seal, and meant thereby,

    Thou shouldst print more, not let that copy die.

11

시드는 그만큼 빨리 그대는
그대가 나누어 준 혈육 속에서 자라리라.
젊어서 준 신선한 피를
늙었을 때 그대의 것이라 부를 수 있으리라.
여기에 지혜와 미와 번영이 있고,
그렇지 않으면 우행(雨行)과 노년과 차디찬 쇠퇴가 있을 뿐.
모든 사람이 이렇다면 세상은 끝나고
육십 년으로 인류는 멸망하리라.
자연이 영존시키려고 만들지 않은
거칠고 보기 싫고 조악한 것들은 후손도 없이 멸망케
하라.
아, 자연은 가장 잘 받은 자에게 더 주나니,
그대는 그 풍유한 선물을 소중히 키울지어다.
　　자연은 그대를 아로새겨 그의 인장을 삼았나니,
　　그 원형이 영존하도록 수많이 찍을지어다.

12

When I do count the clock that tells the time,
And see the brave day sunk in hideous night;
When I behold the violet past prime,
And sable curls, all silvered o'er with white;
When lofty trees I see barren of leaves,
Which erst from heat did canopy the herd,
And summer's green all girded up in sheaves,
Borne on the bier with white and bristly beard,
Then of thy beauty do I question make,
That thou among the wastes of time must go,
Since sweets and beauties do themselves forsake
And die as fast as they see others grow;
    And nothing 'gainst Time's scythe can make defence
    Save breed, to brave him when he takes thee hence.

12

시간을 알리는 시계 소리를 세며
화려한 낮이 무서운 밤 속에 묻히는 것을 볼 때,
또 바이올렛이 한창 시절을 지난 것을 보고,
또 검은 고수머리가 백은(白銀)으로 변한 것을 볼 때,
한때는 가축을 위하여 폭염을 가려 주던
나무들의 잎이 다 떨어진 것을 볼 때,
여름의 푸른 것들이 모두 다발로 묶이어서,
희고 총총한 그 수염 보이며 영구차로 운반되는 것을 볼 때,
그때 나는 그대의 미에 대하여 생각하노라,
그대도 시간의 흐름 속에 가야 한다고.
고운 것도 아름다운 것도 제 모습을 버리고,
다른 것들이 자라나는 것과 같이 빨리 없어지기에.
　　세월이 낫으로 그대를 베어 갈 때
　　막아 낼 길은 없느니, 만일 자식을 낳은 것이
　없다면.

13

O! that you were your self; but, love you are

No longer yours, than you your self here live:

Against this coming end you should prepare,

And your sweet semblance to some other give:

So should that beauty which you hold in lease

Find no determination; then you were

Yourself again, after yourself's decease,

When your sweet issue your sweet form should bear.

Who lets so fair a house fall to decay,

Which husbandry in honour might uphold,

Against the stormy gusts of winter's day

And barren rage of death's eternal cold?

O! none but unthrifts. Dear my love, you know,

You had a father: let your son say so.

13

아! 언제나 그대가 그대였으면! 사랑하는 이여,
그러나 그대는 지금의 그대가 아닐게라.
닥쳐오는 종말에 대비해야 하노니,
그대의 미모를 다른 누구에게 주어야 한다.
그래야 그대가 빌려서 지니고 있는 미는,
기한이라는 것이 없고,
그대 죽은 후에도 다시 그대가 있을 것이다,
아름다운 자손이 그대의 미를 간직하리니.
누가 아름다운 주택을 퇴락하게 내버려 두리요?
정당히 관리만 하면,
겨울날의 풍우를 견디고,
영원히 차가운 죽음의 분노를 물리칠 것을.
        아! 낭비자 아니곤 누가 그리 하리요. 사랑하는
    그대여,
        그대 부친이 계셨거니. 그대 아들도 그리하게 하라.

14

Not from the stars do I my judgement pluck;

And yet methinks I have astronomy,

But not to tell of good or evil luck,

Of plagues, of dearths, or seasons' quality;

Nor can I fortune to brief minutes tell,

Pointing to each his thunder, rain and wind,

Or say with princes if it shall go well

By oft predict that I in heaven find:

But from thine eyes my knowledge I derive,

And constant stars in them I read such art

As 'Truth and beauty shall together thrive,

If from thyself, to store thou wouldst convert';

    Or else of thee this I prognosticate:

    'Thy end is truth's and beauty's doom and date.'

14

나는 별들에게서 판단을 얻으려 하지 않노라,
그러나 내겐 점성술이 있다고 생각한다.
운의 길흉을 말하려 함도 아니요,
질병 기근 계절에 대하여 말하려 함도 아니라.
또 개개인의 생애에 오는 풍우 뇌성을
그 시각까지 예시할 수도 없고,
또는 하늘에서 자주 나타나는 전조를 보고
경사스러울 것을 왕후에게 고하려 하지도 않노라.
그러나 나는 그대의 눈으로부터 지식을 얻고,
불멸의 별 그 눈 속에서 이런 것을 읽었노라,
'그대 회심하여 자신의 공급자가 된다면,
진(眞)과 미(美)는 같이 번영하리라'고.
　　　그렇지 않다면 이렇게 예언하리라.
　　　'그대의 죽음은 진과 미의 종말이라'고.

15

When I consider every thing that grows

Holds in perfection but a little moment,

That this huge stage presenteth nought but shows

Whereon the stars in secret influence comment;

When I perceive that men as plants increase,

Cheered and checked even by the self-same sky,

Vaunt in their youthful sap, at height decrease,

And wear their brave state out of memory;

Then the conceit of this inconstant stay

Sets you most rich in youth before my sight,

Where wasteful Time debateth with decay

To change your day of youth to sullied night,

And all in war with Time for love of you,

As he takes from you, I engraft you new.

15

생물이 그 완전성을 유지하는 것은
다만 순간에 지나지 않는다는 것을 생각할 때,
또 이 거대한 인생 무대는
많은 별들이 알지 못할 감화를 주며 비판하는
한낱 '쇼'를 연출하는 데 지나지 않는다는 것을 생각할 때,
또 사람의 번식도 식물처럼 하늘의 도움도 받고 방해
받으며,
젊은 혈기 속에서 뽐내다가 절정에 도달하면 곧 시들어,
그 미모가 기억에서 사라지는 것을 생각할 때,
이 무상에 대한 나의 상상은 내 눈앞에
그대의 찬란한 청춘을
포악한 '시간'이 쇠퇴와 공모하여
더러운 밤으로 화하게 하려고 하는 것을 보노라.
　　나는 그대를 위하여 '시간'을 대적하여
　　그가 그대 뺏으려 할 때 시(詩)로써 새롭게
　접목하노라.

16

But wherefore do not you a mightier way

Make war upon this bloody tyrant, Time?

And fortify your self in your decay

With means more blessed than my barren rhyme?

Now stand you on the top of happy hours,

And many maiden gardens, yet unset,

With virtuous wish would bear you living flowers,

Much liker than your painted counterfeit:

So should the lines of life that life repair,

Which this, Time's pencil, or my pupil pen,

Neither in inward worth nor outward fair,

Can make you live your self in eyes of men.

    To give away yourself, keeps yourself still,

      And you must live, drawn by your own sweet skill.

16

그러나 왜 그대는 더 강력한 방법으로
잔인한 폭군인 시간에 도전하려 하지 않느뇨?
그리고 내 빈약한 노래보다 더 축복받은 방법으로
그대의 쇠패(衰敗)를 막아 내지 않으려느뇨?
이제 그대는 행복의 절정에 섰나니,
씨를 뿌리지 않은 처녀원(處女園) 순결한 염원으로,
초상화보다도 그대를 닮은
그대의 생명의 꽃들을 피게 하려 하리라.
현시(現時)의 화필(畫筆)로는, 또 서투른 내 붓으로는,
그 내적 부(富)와 그 외적 미(美)를 그리지 못하지만,
생명을 재생하는 후손들은
그대를, 사람들 눈앞에 그대로 살 수 있게 하리라.
　　　그대 자신을 나눠 주는 것이 그대 영원히
　　보존하는 길,
　　　그대 자신의 묘기로써 그림을 그려 영생하라.

17

Who will believe my verse in time to come,

If it were fill'd with your most high deserts?

Though yet heaven knows it is but as a tomb

Which hides your life, and shows not half your parts.

If I could write the beauty of your eyes,

And in fresh numbers number all your graces,

The age to come would say 'This poet lies;

Such heavenly touches ne'er touch'd earthly faces.'

So should my papers, yellow'd with their age,

Be scorn'd, like old men of less truth than tongue,

And your true rights be term'd a poet's rage

And stretched metre of an antique song:

But were some child of yours alive that time,

You should live twice, — in it, and in my rhyme.

17

누가 나의 시구를 믿어 주리요?
시구마다 그대의 미덕으로 충만해 있더라도.
하늘은 알리니, 시란 한낱 무덤에 지나지 않는 것을,
그대의 진정한 생명 가리고 그대의 천재를 반도 못
나타내는.
그대의 아름다운 두 눈을 글로 묘사하고,
새로운 노래로 그대의 우아를 예찬하더라도,
후세 사람은 말하리, '이 시인은 거짓이다,
인간의 모습이 이런 천국의 필치로 그려진 예는 없다'고.
내 시집은 연륜과 함께 퇴색하여,
수다스러운 늙은이같이 비난을 받고,
그대의 탁월은 시인의 광상(狂想)이요,
옛 시에서 보는 과장된 표현이라고.
　　그러나 그때 아이가 있다면,
　　그 아이에게서 그대 다시 살으리라, 그리고 내
시에서도.

18

Shall I compare thee to a summer's day?

Thou art more lovely and more temperate:

Rough winds do shake the darling buds of May,

And summer's lease hath all too short a date:

Sometime too hot the eye of heaven shines,

And often is his gold complexion dimm'd,

And every fair from fair sometime declines,

By chance, or nature's changing course untrimm'd:

But thy eternal summer shall not fade,

Nor lose possession of that fair thou ow'st,

Nor shall death brag thou wander'st in his shade,

When in eternal lines to time thou grow'st,

    So long as men can breathe, or eyes can see,

    So long lives this, and this gives life to thee.

18

내 그대를 한여름 날에 비겨 볼까?
그대는 더 아름답고 더 화창하여라.
거친 바람이 오월의 고운 꽃봉오리를 흔들고,
여름의 기한은 너무나 짧아라.
때로 태양은 너무 뜨겁게 쬐고,
그의 금빛 얼굴은 흐려지기도 하여라.
어떤 아름다운 것도 언젠가는 그 아름다움이 기울어지고
우연이나 자연의 변화로 고운 치장 뺏기도다.
그러나 그대의 영원한 여름은 퇴색하지 않고,
그대가 지닌 미는 잃어지지 않으리라.
죽음도 뽐내진 못하리, 그대가 자기 그늘 속에 방황한다고
불멸의 시편 속에서 그대 시간에 동화(同和)되나니.
　　인간이 숨을 쉬고 볼 수 있는 눈이 있는 한
　　이 시는 살고 그대에게 생명을 주리.

19

Devouring Time, blunt thou the lion's paws,

And make the earth devour her own sweet brood;

Pluck the keen teeth from the fierce tiger's jaws,

And burn the long-liv'd phoenix, in her blood;

Make glad and sorry seasons as thou fleets,

And do whate'er thou wilt, swift-footed Time,

To the wide world and all her fading sweets;

But I forbid thee one most heinous crime:

O! carve not with thy hours my love's fair brow,

Nor draw no lines there with thine antique pen;

Him in thy course untainted do allow

For beauty's pattern to succeeding men.

　　Yet, do thy worst old Time: despite thy wrong,

　　My love shall in my verse ever live young.

19

탐식(貪食)하는 '세월'이여, 사자의 발톱을 무디게 해도
좋다,
대지로 하여 그의 아름다운 새끼들을 탐식게 해도 좋다.
맹호(猛虎)의 턱에서 날카로운 이빨을 뽑아도 좋다,
장생할 불사조를 불살라 죽여도 좋다,
네가 질주함에 따라 계절을 즐겁게, 슬프게 해도 좋다,
발걸음 빠른 세월이여, 네 마음대로 행동하라,
넓은 세계와 쉬 스러질 모든 미에 대해서는.
그러나 내 다만 하나의 큰 죄를 금하노니,
오! 내 벗의 아름다운 이마엔 너의 시각(時刻) 새기지
마라.
그대의 태고(太古)의 붓으로 그 얼굴에 주름을 긋지 마라.
후세 사람들에게 미의 표본이 되도록,
그를 너의 행로에서 더럽히지 마라.
　　늙은 '세월'이여, 네 비록 이 죄를 함부로
　　저지를지라도,
　　나의 벗은 내 시 속에서 영원히 젊게 살리라.

20

A woman's face with nature's own hand painted,

Hast thou, the master mistress of my passion;

A woman's gentle heart, but not acquainted

With shifting change, as is false women's fashion:

An eye more bright than theirs, less false in rolling,

Gilding the object whereupon it gazeth;

A man in hue all 'hues' in his controlling,

Which steals men's eyes and women's souls amazeth.

And for a woman wert thou first created;

Till Nature, as she wrought thee, fell a-doting,

And by addition me of thee defeated,

By adding one thing to my purpose nothing.

    But since she prick'd thee out for women's pleasure,

    Mine be thy love and thy love's use their treasure.

20

나의 정열을 지배하는 여성 같은 남성 그대는,
자연의 손으로 화장한 여인의 얼굴을 갖고 있도다.
그리고 여자의 고운 마음씨, 그러면서도
부정한 여자와 달라 변할 줄을 몰라라.
여인의 눈보다 황홀한 그대의 눈은 허위로 움직이지 않고,
보는 것마다 도금한 듯하여라.
용색(容色) 아름다운 사나이로 모든 용색을 제어하며,
남성의 눈을 유혹하고 여성의 혼을 현혹시키도다.
그대는 처음에 여자로 태어날 것을, 자연이 만드는 도중
사랑을 느껴,
하나를 더 첨가하여 나를 실망시켰도다.
나에게는 아무 소용없는 물건을 달게 하여,
　　여자의 기쁨을 위하여 만들어진 그대이니,
　　그대의 사랑만이 내 것이요, 그것은 그들의
　　보배로다.

21

So is it not with me as with that Muse,

Stirr'd by a painted beauty to his verse,

Who heaven itself for ornament doth use

And every fair with his fair doth rehearse,

Making a couplement of proud compare.

With sun and moon, with earth and sea's rich gems,

With April's first-born flowers, and all things rare,

That heaven's air in this huge rondure hems.

O! let me, true in love, but truly write,

And then believe me, my love is as fair

As any mother's child, though not so bright

As those gold candles fix'd in heaven's air:

 Let them say more that like of hearsay well;

 I will not praise that purpose not to sell.

21

나의 시는 다른 시인의 시와 다르도다.
그들은 분칠한 미인에게서 시흥(詩興)을 일으키고,
저 하늘까지도 그 여인을 장식하는 데 사용하려고,
모든 아름다운 것들을 열거하여,
오만하게도 그의 연인과,
태양·달·지구, 그리고 바다의 주옥들과,
또는 사월의 이른 꽃과 우주의 넓은 하늘의
모든 진귀한 물건과 견주나니.
아, 사랑에 진실한 나는 진실하게 쓰리라.
그러므로 나의 애인은
하늘의 저 별들같이 광채는 없어도,
어느 어머니의 아들만큼 아름다운 것을 믿으라.
　　허튼소리 좋아하는 자들은 함부로 떠벌리라고
하라,
　　내 것은 팔 것이 아니니 과찬은 아니 하리라.

22

My glass shall not persuade me I am old,

So long as youth and thou are of one date;

But when in thee time's furrows I behold,

Then look I death my days should expiate.

For all that beauty that doth cover thee,

Is but the seemly raiment of my heart,

Which in thy breast doth live, as thine in me:

How can I then be elder than thou art?

O! therefore love, be of thyself so wary

As I, not for myself, but for thee will;

Bearing thy heart, which I will keep so chary

As tender nurse her babe from faring ill.

    Presume not on thy heart when mine is slain,

    Thou gav'st me thine not to give back again.

22

그대가 젊음을 잃지 않는 동안,
거울은 내 늙음을 믿게 하지 못하리라.
그러나 그대의 얼굴에 주름을 볼 때,
내 일생이 다 탄 죽음을 느끼리라.
그대를 감싸고 있는 아름다움은
내 마음의 활옷이기에,
그대 가슴에 내 마음 살고, 내 가슴속에 그대 마음
사나니.
어찌 내가 그대보다 빨리 늙으리요?
그러하오니 그대는 몸조심하시라,
나 때문이 아니라 그대 위하여 쓰노라.
상냥한 유모가 아기를 돌보듯,
그대의 마음을 조심스럽게 간직하노라.
　　　내가 죽어도 그대의 마음을 찾아가려 하지 마라,
　　　찾아갈 생각 없이 나에게 주었으니.

23

As an unperfect actor on the stage,

Who with his fear is put beside his part,

Or some fierce thing replete with too much rage,

Whose strength's abundance weakens his own heart;

So I, for fear of trust, forget to say

The perfect ceremony of love's rite,

And in mine own love's strength seem to decay,

O'ercharg'd with burthen of mine own love's might.

O! let my looks be then the eloquence

And dumb presagers of my speaking breast,

Who plead for love, and look for recompense,

More than that tongue that more hath more express'd.

    O! learn to read what silent love hath writ:

    To hear with eyes belongs to love's fine wit.

23

무대 위에 미숙한 배우가
공포 때문에 그의 역을 잘못하는 거와 같이,
또는 과대한 힘이 심장을 약하게 하는
노기에 충만한 맹수와 같이,
나는 자신이 없어 사랑의 성전(盛典)의
완전한 식사(式辭)를 잊어버리고,
강한 사랑이 중한 부담이 되어,
사랑의 힘에 눌려 쇠약해진다.
오, 나의 책으로 하여금
나의 가슴의 무언(無言)의 예언자가 되게 하라.
일찍이 충분하게 표현한 어떤 혀(舌)보다도
나의 시는 사랑을 변호하여 보상을 받기 원하노라.
　　오, 말 없는 사랑이 쓴 글을 읽을 줄 알라.
　　눈으로 듣는 것은 세련된 사랑의 기술이라.

24

Mine eye hath play'd the painter and hath stell'd,

Thy beauty's form in table of my heart;

My body is the frame wherein 'tis held,

And perspective it is best painter's art.

For through the painter must you see his skill,

To find where your true image pictur'd lies,

Which in my bosom's shop is hanging still,

That hath his windows glazed with thine eyes.

Now see what good turns eyes for eyes have done:

Mine eyes have drawn thy shape, and thine for me

Are windows to my breast, where-through the sun

Delights to peep, to gaze therein on thee;

    Yet eyes this cunning want to grace their art,

    They draw but what they see, know not the heart.

24

나의 눈은 화가가 되어 그대의 미모를,
나의 가슴의 화판에 옮겨 놓았노라.
나의 몸은 그 그림의 틀
최상의 화가의 기술이 원근법을 썼노라.
진정한 모습이 그려졌는지, 그 기교는
화가 자신을 거쳐서만 알 것이,
그림은 고요히 나의 가슴의 화실에 걸리고,
그대의 눈은 그 방의 창문.
이렇게 눈과 눈이 서로 도와
나의 눈은 그대의 모습을 그리고,
그대의 눈은 나의 가슴의 창이 되어, 태양은
그 창으로 그대의 모습을 보려 하도다.
　　그러나 내 눈은 작품을 우아하게 할 재주 없어,
　　보이는 것은 그려도 마음은 몰라라.

25

Let those who are in favour with their stars

Of public honour and proud titles boast,

Whilst I, whom fortune of such triumph bars

Unlook'd for joy in that I honour most.

Great princes' favourites their fair leaves spread

But as the marigold at the sun's eye,

And in themselves their pride lies buried,

For at a frown they in their glory die.

The painful warrior famoused for fight,

After a thousand victories once foil'd,

Is from the book of honour razed quite,

And all the rest forgot for which he toil'd:

    Then happy I, that love and am belov'd,

    Where I may not remove nor be remov'd.

25

별의 은총을 받는 자들로 하여금
명예와 훌륭한 칭호를 자랑하게 하라,
나에게는 이러한 승리의 길이 막히었지만,
내가 가장 존경하는 것에서 예기치 않은 기쁨을
얻었노라.
왕후(王侯)의 총신들이 그들의 잎새를 펴지만,
태양을 따르는 금잔화같이
그들의 자랑은 자신들 속에 묻어 버리리.
군주가 한 번 찌푸리면 그 광영(光榮)은 슬고 마나니.
전공으로 유명한 노고의 용장(勇將)도,
천 번 이긴 뒤에 한 번 패하면,
광영의 명부(名簿)에서 말살되고
노고로 얻은 공적은 다 망각되느니.
　　　그렇다면 나는 행복되어라 사랑을 하고 사랑을
　받고,
　　　이별을 하지도 않고 당하지도 아니하리니.

26

Lord of my love, to whom in vassalage
Thy merit hath my duty strongly knit,
To thee I send this written embassage,
To witness duty, not to show my wit:
Duty so great, which wit so poor as mine
May make seem bare, in wanting words to show it,
But that I hope some good conceit of thine
In thy soul's thought, all naked, will bestow it:
Till whatsoever star that guides my moving,
Points on me graciously with fair aspect,
And puts apparel on my tatter'd loving,
To show me worthy of thy sweet respect:
    Then may I dare to boast how I do love thee;
    Till then, not show my head where thou mayst prove me.

26

경애하는 공(公)이여, 그대의 덕이
나의 충성을 맹세하게 한 그대에게,
이 글을 사절(使節)로서 바치노니
충성을 밝히려 함이요, 재주를 보이려 함은 아니라.
충성은 너무나 중하여 나 같은 둔재는
말에 딸려 헐벗은 것 같으리라.
벌거벗은 나의 표현을 그대의 상상으로
그대의 마음속에 간직하여 주기 바라노라.
나의 행로를 인도하는 어떤 별이
자혜롭게도 나에게 유망한 영향을 끼쳐
내가 그대의 은총을 받을 만하게 보이도록,
이 헐벗은 사랑이 성장(盛裝)할 때까지.
　　그때 나는 감히 그대를 경애한다고 뽐내고,
　　그때까지는 나를 시험하시려는 곳에 나타나지
　않으리.

27

Weary with toil, I haste me to my bed,

The dear respose for limbs with travel tir'd;

But then begins a journey in my head

To work my mind, when body's work's expired:

For then my thoughts — from far where I abide —

Intend a zealous pilgrimage to thee,

And keep my drooping eyelids open wide,

Looking on darkness which the blind do see:

Save that my soul's imaginary sight

Presents thy shadow to my sightless view,

Which, like a jewel hung in ghastly night,

Makes black night beauteous, and her old face new.

    Lo! thus, by day my limbs, by night my mind,

    For thee, and for myself, no quiet find.

27

지쳐서 잠자리로 급히 가노라.

여행에 시달린 사지(四肢)에 귀한 안식이라.

그러나 그때부터 또 다른 여행이 머릿속에서 시작하도다,

육체의 활동은 그치고 마음이 일을 하게 되도다.

그러면 내 상념은 내가 사는 먼 곳으로부터

그대에게로 정열적인 순례(巡禮)를 하도다.

감기려는 내 눈을 크게 뜨고,

맹인이 보는 암흑을 보면서.

내 영혼의 상상의 시각으로

그대의 그림자만 나의 시력 없는 눈앞에 보노라.

그것은 유령 같은 밤에 걸려 있는 보석인 양

검은 밤을 아름답게 하고, 그 늙은 얼굴을 젊게 하도다.

　　보라, 이렇게 낮에는 사지, 밤에는 마음,

　　그대를 위하여 또 나를 위하여 쉴 새가 없느니라.

28

How can I then return in happy plight,

That am debarre'd the benefit of rest?

When day's oppression is not eas'd by night,

But day by night and night by day oppress'd,

And each, though enemies to either's reign,

Do in consent shake hands to torture me,

The one by toil, the other to complain

How far I toil, still farther off from thee.

I tell the day, to please him thou art bright,

And dost him grace when clouds do blot the heaven:

So flatter I the swart-complexion'd night,

When sparkling stars twire not thou gild'st the even.

But day doth daily draw my sorrows longer,

And night doth nightly make grief's length seem stronger.

28

안식의 은혜 거부된 내가 어찌 기꺼이
돌아갈 수 있으리요?
낮의 고뇌를 밤이 못 풀어 주고,
밤은 낮, 낮은 밤을 괴롭히도다.
밤과 낮은 다스리는 영역에 있어 서로 적이지만,
나를 괴롭히기에는 악수로써 합의한다.
하나는 노고를 줌으로, 또 하나는 불평으로,
내가 노고는 노고대로 겪으며 그대에게선 더욱 멀리
간다고.
내 낮더러 이르기를, 너는 그를 즐겁게 해 주려고 환히
빛나며,
구름이 하늘을 더럽힐 때 그를 우아히 비친다고.
내 또한 어둔 밤을 즐겁게 해 주려고 말하기를,
반짝이는 별이 빛나지 않을 때 너는 저녁을 금으로
물들인다고.
그러나 낮은 나의 슬픔을 나날이 연장하고,
밤은 나의 비애를 밤마다 더욱 격심하게 하는도다.

29

When in disgrace with fortune and men's eyes
I all alone beweep my outcast state,
And trouble deaf heaven with my bootless cries,
And look upon myself, and curse my fate,
Wishing me like to one more rich in hope,
Featur'd like him, like him with friends possess'd,
Desiring this man's art, and that man's scope,
With what I most enjoy contented least;
Yet in these thoughts my self almost despising,
Haply I think on thee, — and then my state,
Like to the lark at break of day arising
From sullen earth, sings hymns at heaven's gate;
 For thy sweet love remember'd such wealth brings
 That then I scorn to change my state with kings.

29

운명과 세인의 눈에 천시되어,
혼자 나는 버림받은 신세를 슬퍼하고,
소용없는 울음으로 귀머거리 하늘을 괴롭히고,
내 몸을 돌아보고 나의 형편을 저주하도다.
희망 많기는 저 사람,
용모가 수려하기는 저 사람, 친구 많기는 그 사람 같기를.
이 사람의 재주를, 저 사람의 권세를 부러워하며,
내가 가진 것에는 만족을 못 느낄 때,
그러나 이런 생각으로 나를 거의 경멸하다가도
문득 그대를 생각하면, 나는
첫새벽 적막한 대지로부터 날아올라
천국의 문전에서 노래 부르는 종달새,
　　　그대의 사랑을 생각하면 곧 부귀에 넘쳐,
　　　내 운명, 제왕과도 바꾸려 아니 하노라.

30

When to the sessions of sweet silent thought

I summon up remembrance of things past,

I sigh the lack of many a thing I sought,

And with old woes new wail my dear time's waste:

Then can I drown an eye, unused to flow,

For precious friends hid in death's dateless night,

And weep afresh love's long since cancell'd woe,

And moan the expense of many a vanish'd sight:

Then can I grieve at grievances foregone,

And heavily from woe to woe tell o'er

The sad account of fore-bemoaned moan,

Which I new pay as if not paid before.

    But if the while I think on thee, dear friend,

    All losses are restor'd and sorrows end.

30

감미롭고 고요한 명상의 궁전으로
지난 옛일의 기억을 불러올 때면,
나는 갈구하던 모든 것들을 갖지 못함을 한숨짓고,
귀중한 시간을 낭비한 옛 비애를 새삼 애탄하노라.
그리고 죽음의 끝없는 밤 속에 숨어 있는
벗들을 위하여
메말랐던 내 눈을 눈물로 적실 수 있고,
오래전에 잊혀진 비련(悲戀)을 다시 슬퍼하고,
사라진 많은 모습들의 상실을 탄식하노라.
그러면 지나간 슬픔을 슬퍼할 수 있고,
예전의 애통한 슬픈 사연을 하나하나 헤아려
전에 지불했던 셈을 아니 한 듯이 다시 지불하노라.
　　그러나 벗이여, 그때 그대를 생각하면,
　　모든 손실은 회복되고 슬픔은 끝나도다.

31

Thy bosom is endeared with all hearts,

Which I by lacking have supposed dead;

And there reigns Love, and all Love's loving parts,

And all those friends which I thought buried.

How many a holy and obsequious tear

Hath dear religious love stol'n from mine eye,

As interest of the dead, which now appear

But things remov'd that hidden in thee lie!

Thou art the grave where buried love doth live,

Hung with the trophies of my lovers gone,

Who all their parts of me to thee did give,

That due of many now is thine alone:

    Their images I lov'd, I view in thee,

    And thou — all they — hast all the all of me.

31

그대의 가슴은 소중하여라,
죽어 없어졌다고 생각했던 마음들이 그 안에 모였느니.
그대의 가슴에는 애정이 깃들어 있고,
사랑의 모든 아름다운 부분이,
그리고 땅속에 묻혀 있다고 생각했던 모든 친구들의
마음이.
경건한 사랑은 죽은 사람을 위하여
얼마나 많은 성스러운 애조(哀弔)의 눈물을 흘리게
했던고,
그들은 단지 자리를 옮겨 그대의 몸에 숨어 있는 것을.
그대의 몸은 파묻힌 사랑이 소생하는 무덤,
거기에 죽은 친구들의 기념장(記念章)들이 걸려 있도다.
나에 대한 그들의 요구가 그대에게 옮겨지고,
많은 사람의 권리가 지금은 다 그대의 것이 되었도다.
　　　내가 사랑하던 그들의 모습을 그대에게서 보고,
　　　그들 전체인 그대는 나의 전부를 가졌어라.

32

If thou survive my well-contented day,

When that churl Death my bones with dust shall cover

And shalt by fortune once more re-survey

These poor rude lines of thy deceased lover,

Compare them with the bett'ring of the time,

And though they be outstripp'd by every pen,

Reserve them for my love, not for their rhyme,

Exceeded by the height of happier men.

O! then vouchsafe me but this loving thought:

'Had my friend's Muse grown with this growing age,

A dearer birth than this his love had brought,

To march in ranks of better equipage:

  But since he died and poets better prove,

  Theirs for their style I'll read, his for his love'.

32

만약 그대가 내가 기꺼이 맞이한 날,
무례한 죽음이 내 뼈를 묻는 날,
그날보다 오래 살아
그대 애인의 이 서투른 시를 다시 읽고,
시대와 같이 전진한 다른 시와 비교하게 되거든,
그것들이 다른 것들만 못하더라도,
다른 다행한 사람보다 뒤떨어진 것이라도,
시를 위하여서가 아니라 정으로 간직하여 달라.
오, 그리고 이런 자혜스러운 생각으로 나를 아껴달라.
그의 시혼(詩魂)이 시대와 같이 자랐더라면,
그의 애정에서 우수한 시가 쓰이고,
더 찬란한 대열에 들었을 것을.
　　그는 죽고 우울한 시인들이 나왔으니,
　　그들의 시에선 작풍을, 그의 시에선 애정을
읽으리라.

33

Full many a glorious morning have I seen
Flatter the mountain tops with sovereign eye,
Kissing with golden face the meadows green,
Gilding pale streams with heavenly alchemy;
Anon permit the basest clouds to ride
With ugly rack on his celestial face,
And from the forlorn world his visage hide,
Stealing unseen to west with this disgrace:
Even so my sun one early morn did shine,
With all triumphant splendour on my brow;
But out! alack! he was but one hour mine,
The region cloud hath mask'd him from me now.
    Yet him for this my love no whit disdaineth;
    Suns of the world may stain when heaven's sun staineth.

33

여러 번 나는 보았노라, 찬란한 아침 해가
제왕 같은 눈으로 산봉우리를 즐겁게 하고,
금빛 얼굴로 녹색의 초원을 입 맞추고,
창백한 시내를 천국의 연금술로 빛나게 하는 것을.
태양은 또 어느덧 천한 구름 쪽이 와서
창공의 그 얼굴을 가리는 것을 허용하고,
이 세계를 버리고 얼굴을 감추며
치욕을 지닌 채 몰래 서천으로 떨어지는 것을.
내 태양도 어느 이른 아침에는
혁혁한 빛으로 내 얼굴을 비쳤노라.
아, 한스러워라, 그는 오직 잠시만 내 것이었느니,
하늘의 구름은 그를 가려 버렸노라.
　　그러나 내 애정은 조금도 그를 천시하지 않으리라.
　　하늘의 태양도 흐려지나니, 땅 위 태양 어이 아니
　　흐려지리.

34

Why didst thou promise such a beauteous day,

And make me travel forth without my cloak,

To let base clouds o'ertake me in my way,

Hiding thy bravery in their rotten smoke?

'Tis not enough that through the cloud thou break,

To dry the rain on my storm-beaten face,

For no man well of such a salve can speak,

That heals the wound, and cures not the disgrace:

Nor can thy shame give physic to my grief;

Though thou repent, yet I have still the loss:

The offender's sorrow lends but weak relief

To him that bears the strong offence's cross.

    Ah! but those tears are pearl which thy love sheds,

    And they are rich and ransom all ill deeds.

34

왜 그대는 화창한 날씨를 약속하여
외투 없이 여행을 하게 하고,
도중에 검은 구름을 만나게 하여
더러운 운무로 그대의 찬란한 얼굴을 가리게 했느뇨?
구름 사이로 그대 나타나, 풍우에 젖은 얼굴 말려준대도
그것으로는 부족하여라.
상처는 고쳐도 오욕(汚辱)은 고치지 못하는 고약을
뉘라서 찬양하리요.
그대의 부끄러움은 나의 비애를 고치지는 못하고,
그대가 회개한대도 나의 손실은 여전하여라.
심한 해를 입은 자에게는
가해자의 비통은 미약한 위안이라.
　아, 그러나 그대의 진정이 흘리는 눈물은 진주로다,
　그 귀한 눈물은 모든 비행을 속죄하리라.

35

No more be griev'd at that which thou hast done:
Roses have thorns, and silver fountains mud:
Clouds and eclipses stain both moon and sun,
And loathsome canker lives in sweetest bud.

All men make faults, and even I in this,
Authorizing thy trespass with compare,
Myself corrupting, salving thy amiss,
Excusing thy sins more than thy sins are;

For to thy sensual fault I bring in sense, ——
Thy adverse party is thy advocate, ——
And 'gainst myself a lawful plea commence:
Such civil war is in my love and hate,

That I an accessary needs must be,
To that sweet thief which sourly robs from me.

35

그대가 한 일을 더 슬퍼하지 말라.
장미에는 가시, 맑은 샘에도 진흙,
구름과 일식 월식은 달과 해를 가리고,
아름다운 꽃봉오리 속에 징그러운 벌레가 사느니.
사람인들 실수가 없을소냐, 나도 그렇도다.
이렇게 비교하여 그대의 잘못을 용인하고,
그대의 죄를 무마함은 나를 더럽히는 것이요,
그대의 죄를 변호함은 그 죄보다 더한 것이라.
그대의 죄 관능죄(官能罪)에 이성을 적용하여,
그대를 고발한 자 그대의 변호인이 되도다.
나 자신에 대하여 논고를 시작하노라.
사랑과 미움은 내란을 일으키고,
　　　나는 공범(共犯)이 될 수밖에 없노라,
　　　무정하게 내 것을 뺏은 고운 도둑의.

36

Let me confess that we two must be twain,

Although our undivided loves are one:

So shall those blots that do with me remain,

Without thy help, by me be borne alone.

In our two loves there is but one respect,

Though in our lives a separable spite,

Which though it alter not love's sole effect,

Yet doth it steal sweet hours from love's delight.

I may not evermore acknowledge thee,

Lest my bewailed guilt should do thee shame,

Nor thou with public kindness honour me,

Unless thou take that honour from thy name:

    But do not so, I love thee in such sort,

    As thou being mine, mine is thy good report.

36

고(告)하노니, 둘은 둘이라,
우리의 나눌 수 없는 사랑은 하나이로되.
그러면 오욕은 나에게만 남고,
그대에게 누(累) 아니 끼치고 혼자 견디리.
둘의 사랑은 오직 하나이나
우리의 생활에는 심술궂은 이별이 있도다.
그것이 사랑에 영향을 아니 끼치나,
사랑의 기쁨에서 즐거운 시간을 훔쳐가도다.
다시는 그대를 아는 체 아니 하리,
나의 원한이 그대를 욕되게 하지 않으려고.
그대도 나를 공석(公席)에서 우대하지 마라,
내게 주시는 그 영예를 그대의 이름에서 분리시키지
않는 한.

　　　그러나 그러지 마라, 내 사랑 이리도 간절하여라,
　　　그대는 내 것이니, 그대의 명성도 내 것이로다.

37

As a decrepit father takes delight

To see his active child do deeds of youth,

So I, made lame by Fortune's dearest spite,

Take all my comfort of thy worth and truth;

For whether beauty, birth, or wealth, or wit,

Or any of these all, or all, or more,

Entitled in thy parts, do crowned sit,

I make my love engrafted, to this store:

So then I am not lame, poor, nor despis'd,

Whilst that this shadow doth such substance give

That I in thy abundance am suffic'd,

And by a part of all thy glory live.

    Look what is best, that best I wish in thee:

    This wish I have; then ten times happy me!

노쇠한 아버지가 팔팔한 아들의
젊은이다운 짓을 보고 기뻐하는 것같이,
악운의 저주로 절름발이가 된 나는.
그대의 가치와 진실에서 위안을 얻노라.
왜냐하면 그대의 최고의 천품으로 인정받는 것이
그대의 미모·혈통·재산·기지(機智),
그중의 하나인지 전부인지 모르지만,
나의 사랑을 이 축적(蓄積)에 접목(椄木)시키노라.
그러면 나는 절름발이도 아니요, 가난하지도 않고,
천대받지도 아니하노라.
이 상상이 구현(具現)되어 그대의 풍유 속에서 흡족하고,
그대의 영광의 일부로 사는 한.
　　아, 최상의 것, 그것을 그대에게서 바라노라,
　　이 소원이 성취되면 열 곱 행복하여라.

38

How can my muse want subject to invent,

While thou dost breathe, that pour'st into my verse

Thine own sweet argument, too excellent

For every vulgar paper to rehearse?

O! give thy self the thanks, if aught in me

Worthy perusal stand against thy sight;

For who's so dumb that cannot write to thee,

When thou thy self dost give invention light?

Be thou the tenth Muse, ten times more in worth

Than those old nine which rhymers invocate;

And he that calls on thee, let him bring forth

Eternal numbers to outlive long date.

    If my slight muse do please these curious days,

    The pain be mine, but thine shall be the praise.

38

어찌 내 시혼이 창작할 주제가 부족하리요?
그대가 살아 있어 그대 자신의 아름다운 주제를
내 시구에 쏟아 주나니,
속된 지면에는 너무나 우아한.
오, 내 작품 중에 그대가 읽기에 적합한 것 있다면,
그대 자신에게 감사할지어다.
그대 자신이 창의성에 광명을 주나니,
그대에게 송시(頌詩)를 쓰지 못할 벙어리가 어디
있으리요?
시인들이 기도드리는 아홉 시신(詩神)보다
열 배 우수한 제십신(第十神)이 되어 달라.
그리고 그대에게 기원하는 시인은
세월을 초월하는 불멸의 시를 짓게 하라.
　　내 적은 시재(詩才)가 이 까다로운 시대를 즐겁게
　한다면,
　　그 노고는 내 것이요 그 칭찬은 그대의 것이라.

39

O! how thy worth with manners may I sing,

When thou art all the better part of me?

What can mine own praise to mine own self bring?

And what is't but mine own when I praise thee?

Even for this, let us divided live,

And our dear love lose name of single one,

That by this separation I may give

That due to thee which thou deserv'st alone.

O absence! what a torment wouldst thou prove,

Were it not thy sour leisure gave sweet leave,

To entertain the time with thoughts of love,

Which time and thoughts so sweetly doth deceive,

    And that thou teachest how to make one twain,

    By praising him here who doth hence remain.

39

오! 어찌하면 그대의 가치를 품(品) 있게 노래할 수
있으리요?
그대는 나의 좋은 부분의 전부이어니.
내가 나를 칭찬한들 무슨 이익이 있으리요?
그대를 칭찬하는 건 나를 칭찬하는 것 아니고
무엇이리요?
그러므로 이를 위하여 서로 나뉘고자
우리의 사랑을 단일체로 여기지 말라.
이렇게 서로 떠나므로 나는 그대에게 혼자서
그대가 가질 수 있는 것을 갖게 하리라.
오, 그대 안 계심이여! 얼마나 고통스러우리,
만약에 쓰디쓴 한가(閑暇)가 달콤한 허가를 주어,
사랑의 상념으로 시간을 보내며
시간과 상념을 달래고,
　　한 사람을 두 사람으로 만드는 법을 가르쳐,
　　없는 사람을 여기서 찬미하게 하지 않는다면.

40

Take all my loves, my love, yea take them all;

What hast thou then more than thou hadst before?

No love, my love, that thou mayst true love call;

All mine was thine, before thou hadst this more.

Then, if for my love, thou my love receivest,

I cannot blame thee, for my love thou usest;

But yet be blam'd, if thou thy self deceivest

By wilful taste of what thyself refusest.

I do forgive thy robbery, gentle thief,

Although thou steal thee all my poverty:

And yet, love knows it is a greater grief

To bear love's wrong, than hate's known injury.

    Lascivious grace, in whom all ill well shows,

    Kill me with spites yet we must not be foes.

40

　사랑하는 이여! 내 애인들을 모두 빼앗아 가라, 그들
모두를.
　그리한들 이미 지닌 것 외에 그대 무엇을 더 얻을 것인고?
　참된 사랑이라 부를 것은 하나밖에 없을지니.
　이번 것을 얻기 전에 나의 모든 것이 그대 것이었노라.
　만약 나를 위하여 그대가 내 애인을 받아들인다면,
　내 그대 탓하지 않겠노라, 그대 다만 내 애인을 활용하는
것뿐이니.
　그러나 그대가 사랑하지 않는 것을 일부러 희롱함으로써
　스스로를 기만한다면 책망을 면키 어려워라.
　고운 도둑이여, 내 그대의 탈취를 용서하겠노라,
　비록 구차한 나의 소유를 그대가 모두 훔친다 하여도.
　그러나 사랑은 아느니라, 증오의 상처보다
　사랑이라 하며 주는 피해가 더욱 큰 고통임을.
　　모든 못된 것을 곱게 보여 주는 음탕한 우아여,
　　앙심으로 나를 죽인들 우리 서로 원수되랴.

41

Those pretty wrongs that liberty commits,
When I am sometime absent from thy heart,
Thy beauty, and thy years full well befits,
For still temptation follows where thou art.
Gentle thou art, and therefore to be won,
Beauteous thou art, therefore to be assail'd;
And when a woman woos, what woman's son
Will sourly leave her till he have prevail'd?
Ay me! but yet thou mightst my seat forbear,
And chide thy beauty and thy straying youth,
Who lead thee in their riot even there
Where thou art forced to break a twofold truth: ——
    Hers by thy beauty tempting her to thee,
    Thine by thy beauty being false to me.

41

내가 때로 그대 마음에서 떠나 있을 때
방종에 흘러 그대가 저지르는 고운 잘못들은
그대의 미, 그대의 나이에 매우 어울리도다.
그대 있는 곳마다 유혹이 항상 따르기 때문이라.
그대가 우아하므로 그대의 마음을 얻으려 들고,
그대 아름다움으로 공격을 받게 되나니.
한 여인이 접근하려 들 때 그 여인이 뜻을 이루기 전에,
어느 남자인들 그 여인을 저버릴 수 있으랴?
아! 그러나 그대의 미와 방황하는 혈기를 꾸짖어,
나의 자리를 범하지 못하게 하라.
그대를 분방하게 몰고 가서
이중으로 신의를 깨뜨리게 하느니,
    그대의 미로 여인을 매혹하여, 여인의 신의를,
    그대의 미로 내게 거짓되어, 그대의 신의를.

42

That thou hast her it is not all my grief,

And yet it may be said I loved her dearly;

That she hath thee is of my wailing chief,

A loss in love that touches me more nearly.

Loving offenders thus I will excuse ye:

Thou dost love her, because thou know'st I love her;

And for my sake even so doth she abuse me,

Suffering my friend for my sake to approve her.

If I lose thee, my loss is my love's gain,

And losing her, my friend hath found that loss;

Both find each other, and I lose both twain,

And both for my sake lay on me this cross:

But here's the joy; my friend and I are one;

Sweet flattery! then she loves but me alone.

42

그대가 그녀를 얻은 것이 반드시 내 슬픔은 아니라,
그러나 내 그녀를 사랑했느니,
그녀에게 그대를 뺏긴 것이 나의 슬픔이요,
나를 더 뼈저리게 하는 사랑의 손실이라.
친애하는 범죄여, 그대들을 이렇게 용서해 주리라.
내 그녀를 사랑하기에 그대 그녀를 사랑하리라.
그리고 그녀는 나를 위하여 또한 나를 저버렸으리라.
나를 위하여 나의 친구로 하여금 그녀를 다루어 보게
하면서.
그대 잃은 나의 손실은 나의 애인의 이득이 되고,
내 그녀를 잃음으로 벗은 그녀를 얻게 되도다.
둘은 서로 얻고 나는 둘 다 잃었거니,
그들은 나로 하여 이 십자가를 지게 했노라.
    그러나 기쁘게도 벗과 나는 하나이라,
    달콤한 아첨인저! 그녀는 나만 사랑하느니.

43

When most I wink, then do mine eyes best see,
For all the day they view things unrespected;
But when I sleep, in dreams they look on thee,
And darkly bright, are bright in dark directed.
Then thou, whose shadow shadows doth make bright,
How would thy shadow's form form happy show
To the clear day with thy much clearer light,
When to unseeing eyes thy shade shines so!
How would, I say, mine eyes be blessed made
By looking on thee in the living day,
When in dead night thy fair imperfect shade
Through heavy sleep on sightless eyes doth stay!
    All days are nights to see till I see thee,
    And nights bright days when dreams do show thee me.

43

나의 눈은 낮에는 사물을 허술히 보고
밤이면 가장 잘 보노라.
잘 때 나의 눈은 꿈속에서 그대를 알고,
눈은 감겼어도 빛 받아 어둠 속에서 밝은 존재로 향하게
되노라.
그림자만이라도 어둠의 그늘을 빛나게 한다면,
그림자의 주인인 그대는 밝은 날에 더 밝은 빛을 가지고
얼마나 황홀한 모습을 보이리요,
보지 못하는 눈에게 그대의 그림자가 이렇게 찬란하노니!
대낮에 내 그대를 본다면,
내 눈은 또 얼마나 행복하리요.
한밤중 깊은 잠 속에 시력 없는 눈에도
불완전하고도 아름다운 그림자가 보인다면!
　　그대를 볼 때까지는 낮은 다 밤이요,
　　꿈에 그대를 본다면, 밤은 언제나 밝은 낮이로다.

44

If the dull substance of my flesh were thought,
Injurious distance should not stop my way;
For then despite of space I would be brought,
From limits far remote, where thou dost stay.
No matter then although my foot did stand
Upon the farthest earth remov'd from thee;
For nimble thought can jump both sea and land,
As soon as think the place where he would be.
But, ah! thought kills me that I am not thought,
To leap large lengths of miles when thou art gone,
But that so much of earth and water wrought,
I must attend time's leisure with my moan;
    Receiving nought by elements so slow
    But heavy tears, badges of either's woe.

44

내 육체의 둔한 물질이 상념과 같이 가볍다면,
나를 괴롭히는 거리(距離)도 나의 길을 방해하지 않으리.
그렇다면 공간에 매이지 않고,
나는 먼 끝으로부터 그대 있는 곳으로 데려가지리.
내가 서 있는 곳이, 그대 계신 곳으로부터
가장 먼 곳이라 한들 어쩌리,
민첩한 상상은 그대가 있을 곳을 생각만 하면
곧 바다와 육지를 뛰어넘을 수 있나니.
그러면 아! 생각하면 괴로워라, 지금 그대는 가고
나는 먼 거리를 뛰어넘는 상상이 아니기에,
나는 주로 물과 흙으로 만들어졌나니
신음을 하며 시간이 가는 것을 기다려야 하느니.
　　물과 흙 이렇게 느린 성분으로부터 받은 것은,
　　슬픔의 '배지'인 눈물뿐이로다.

45

The other two, slight air, and purging fire
Are both with thee, wherever I abide;
The first my thought, the other my desire,
These present-absent with swift motion slide.
For when these quicker elements are gone
In tender embassy of love to thee,
My life, being made of four, with two alone
Sinks down to death, oppress'd with melancholy;
Until life's composition be recur'd
By those swift messengers return'd from thee,
Who even but now come back again, assur'd,
Of thy fair health, recounting it to me:
　　This told, I joy; but then no longer glad,
　　I send them back again, and straight grow sad.

45

다른 두 원소(元素), 가벼운 바람과 정화력을 지닌 불은,
내 어디에 머무르건 다 그대 곁에 있도다.
그 하나는 나의 사념(思念)이요, 또 하나는 나의
욕망으로,
있는 듯 없는 듯한 이 둘은 신속히 움직여 내왕하도다.
이들 신속한 원소들이 떠나
사랑의 마음 고운 사환(使喚)으로 그대에게 가버린 동안
네 원소(四元素)로 이루어진 나의 생명이 남은 두
원소만으론
우울에 지쳐 죽음에 이르다가,
그대에게서 돌아온 민첩한 사자에 의하여
도로 내 생명의 구조가 제대로 되도다.
그들은 방금 든든한 마음으로 돌아와
그대의 안강(安康)하심을 내게 일러 주도다.
　　　이를 듣고 내 기뻐하노라, 하나 그도 잠시일 뿐,
　　　그들을 다시 돌려보내고 곧 나는 슬픔에 잠기노라.

46

Mine eye and heart are at a mortal war,

How to divide the conquest of thy sight;

Mine eye my heart thy picture's sight would bar,

My heart mine eye the freedom of that right.

My heart doth plead that thou in him dost lie, —

A closet never pierc'd with crystal eyes —

But the defendant doth that plea deny,

And says in him thy fair appearance lies.

To side this title is impannelled

A quest of thoughts, all tenants to the heart;

And by their verdict is determined

The clear eye's moiety, and the dear heart's part:

    As thus; mine eye's due is thy outward part,

    And my heart's right, thy inward love of heart.

46

나의 눈과 마음은 서로 몹시 싸우는도다,
그대 모습을 차지하는 전공(戰功)의 분할(分割)을 두고.
눈은 나의 마음이 그대의 초상화 보기를 거부하고,
마음은 눈이 그 권리 누리기를 또 거부하도다.
마음이 변론하기로는 그대는 나의 안에 있다 하고,
그곳은 수정 같은 눈으로는 들여다보지 못하는
밀실이라고 한다.
그러나 피고는 그 변론을 부인하여 가로되,
'수려한 그대의 모습은 오직 내 안에 있다' 하도다.
이 주장을 가리도록 선임(選任)된 배심원들은
모두 마음에 깃들어 있는 여러 생각들이라.
그리하여 그들의 판결로 맑은 눈의 몫이며
고운 마음의 차지가 정하여졌도다.
　　　이를테면 그대의 외양은 나의 눈의 몫이요,
　　　그대의 내심의 사랑은 나의 마음의 차지라고.

47

Betwixt mine eye and heart a league is took,

And each doth good turns now unto the other:

When that mine eye is famish'd for a look,

Or heart in love with sighs himself doth smother,

With my love's picture then my eye doth feast,

And to the painted banquet bids my heart;

Another time mine eye is my heart's guest,

And in his thoughts of love doth share a part:

So, either by thy picture or my love,

Thyself away, art present still with me;

For thou not farther than my thoughts canst move,

And I am still with them, and they with thee;

    Or, if they sleep, thy picture in my sight

    Awakes my heart, to heart's and eye's delight.

나의 눈과 마음 사이에 동의(同意)가 이루어져,
이제는 서로 힘써 이익되게 하고자 하노라.
나의 눈이 그대 뵈옵기에 주렸을 때
사랑하는 마음이 한숨으로 스스로 질식해 갈 때
눈은 나의 애인의 영상으로 성연(盛宴)을 베풀어
그림으로 이루어진 그 자리에 마음을 초청하도다.
때로는 눈이 나의 마음의 빈객이 되어
그가 지닌 연정의 얼마를 분여(分與) 받도다.
그리하여 그대의 영상으로나 또는 나의 사랑으로,
그대는 멀리 있으면서 또 항상 나와 함께 있도다.
이는 그대가 멀리 있다 해도 내 생각이 미치는 이내라,
나는 생각과 항상 함께 있고 생각 또한 그대와 함께
있기에.
　　혹 내 생각이 잠든다 해도 내 안중의 영상은
　　마음을 일깨워, 마음을 그리고 눈을 기쁘게
　하도다.

48

How careful was I when I took my way,
Each trifle under truest bars to thrust,
That to my use it might unused stay
From hands of falsehood, in sure wards of trust!
But thou, to whom my jewels trifles are,
Most worthy comfort, now my greatest grief,
Thou best of dearest, and mine only care,
Art left the prey of every vulgar thief.
Thee have I not lock'd up in any chest,
Save where thou art not, though I feel thou art,
Within the gentle closure of my breast,
From whence at pleasure thou mayst come and part;
　　And even thence thou wilt be stol'n I fear,
　　For truth proves thievish for a prize so dear.

48

아, 내 길 떠날 때면 변변치 않은 물건들을 다 집어넣고,
얼마나 조심스럽게 튼튼한 자물쇠를 채워 두는지!
내가 또 쓸 수 있도록 확실하게 간직되어
신의 없는 손에게 사용되지 않도록.
그러나 내 보석들도 그대에 비하면 대수롭지 않은 거라
나의 가장 귀한 위안인 그대는 지금 최대의 고통이라
내가 가장 귀히 여기고 마음 쓰는 그대를,
모든 저속한 도둑의 희생이 되게 내버려 두었어라.
그대를 어떤 장롱에도 넣어 두지 않고
계신 것 같으면서도 아니 계신 곳
나의 가슴 고요한 속에 감추어 두었을 뿐
거기에서 그대가 마음대로 드나들게 하고.
　　그리고 거기에서 그대를 도둑맞을까 겁내노라,
　　그리도 귀한 것이라서 정직조차 도둑으로 변하게
하리니.

49

Against that time, if ever that time come,
When I shall see thee frown on my defects,
When as thy love hath cast his utmost sum,
Call'd to that audit by advis'd respects;
Against that time when thou shalt strangely pass,
And scarcely greet me with that sun, thine eye,
When love, converted from the thing it was,
Shall reasons find of settled gravity;
Against that time do I ensconce me here,
Within the knowledge of mine own desert,
And this my hand, against my self uprear,
To guard the lawful reasons on thy part:
    To leave poor me thou hast the strength of laws,
    Since why to love I can allege no cause.

49

그대가 나의 모자람을 보고 미간을 찌푸릴 때
그대의 사랑이 마지막 총액을 계산하고
심사숙고하여 청산을 요구할 때,
그대가 서먹서먹 내 곁을 지나고,
해님 같은 그대 눈이 내게 아무런 인사도 않을 때,
그런 때가 온다면, 그때를 대비하여
또 사랑이 옛것과는 달리 변하여
움직일 수 없는 중대한 구실을 찾았을 때,
그때를 대비하여 내가 부족함을 인식하여
지금 여기서 나 자신을 방어하노라,
그대 편의 타당한 자유를 지지하고자
나 자신에 반대하여 손들어 증언하노라.
　　그대가 불쌍한 나를 저버리는 것은 법이 인정하는
　바이라
　　내가 사랑받겠노라 주장할 이유가 없나니.

50

How heavy do I journey on the way,

When what I seek, my weary travel's end,

Doth teach that ease and that repose to say,

'Thus far the miles are measured from thy friend!'

The beast that bears me, tired with my woe,

Plods dully on, to bear that weight in me,

As if by some instinct the wretch did know

His rider lov'd not speed, being made from thee:

The bloody spur cannot provoke him on,

That sometimes anger thrusts into his hide,

Which heavily he answers with a groan,

More sharp to me than spurring to his side;

    For that same groan doth put this in my mind,

    My grief lies onward, and my joy behind.

50

나는 우울한 여행을 하고 있노라,
고달픈 여행의 끝인 나의 목적지가
안락과 휴식을 시켜 나에게 이런 말을 하게 할 때
'이리도 멀리 그대는 친구에게서 멀어졌노라!'
말은 비애에 지친 나를 태우고
짐에 겨워 무거운 발을 옮기도다.
내가 그대에게서 멀어지므로 급행을 싫어하는 줄
그놈이 본능으로 알아차리는 듯이.
피나는 박차(拍車)도 말을 분발시키지 않아
때로 성이 나서 가죽을 찌르면
괴로운 신음으로 응답하도다.
내가 준 박차보다도 더 날카롭게
　　그 신음 내 마음에 일깨우나니
　　갈수록 비애라, 기쁨을 뒤에 두고.

51

Thus can my love excuse the slow offence

Of my dull bearer when from thee I speed:

From where thou art why should I haste me thence?

Till I return, of posting is no need.

O! what excuse will my poor beast then find,

When swift extremity can seem but slow?

Then should I spur, though mounted on the wind,

In winged speed no motion shall I know,

Then can no horse with my desire keep pace;

Therefore desire, of perfect'st love being made,

Shall neigh — no dull flesh — in his fiery race;

But love, for love, thus shall excuse my jade, —

   'Since from thee going, he went wilful-slow,

   Towards thee I'll run, and give him leave to go.'

나의 애정은 나의 우둔한 말의 느림을 용서할 수 있노라,
내 그대 곁을 떠날 때.
그대 있는 곳에서 멀리 가기를 내 왜 서두르리요?
내 돌아갈 때까지는 급행이 필요 없도다.
아, 그때에는 이 가련한 짐승이 무어라 변명할 것인가?
최대의 속력도 느리게만 여겨질 때가 되면.
그때엔 바람을 탔다 한들 박차를 멈추랴,
날개 단 속도를 그 움직임을 인식하랴.
그 어느 준마(駿馬)도 내 욕망에 발맞추지 못할지니.
그런고로 완전한 사랑으로 이루어진 나의 욕망은
우둔한 육체가 아니라 불같이 달리며 소리치리라.
하나 사랑은 받은 호의를 생각하고 내 여윈 말을
용서하리라.
　　그대로부터 떠나는 길이라 말은 일부러 느리게
　　갔나니,
　　그대에게 가는 길은 내가 달리고 말은 맘대로 가게
　　하리라.

52

So am I as the rich, whose blessed key,

Can bring him to his sweet up-locked treasure,

The which he will not every hour survey,

For blunting the fine point of seldom pleasure.

Therefore are feasts so solemn and so rare,

Since, seldom coming in that long year set,

Like stones of worth they thinly placed are,

Or captain jewels in the carcanet.

So is the time that keeps you as my chest,

Or as the wardrobe which the robe doth hide,

To make some special instant special-blest,

By new unfolding his imprison'd pride.

    Blessed are you whose worthiness gives scope,

    Being had, to triumph; being lacked, to hope.

52

나는 그 행운의 열쇠를 사용하여
감춰 둔 보물을 어느 때고 볼 수 있는 부자와 같아라.
부자는 보물을 시간마다 살피지는 아니하나니,
이는 드물게 보는 즐거움을 무디게 하지 않으려 함이라.
그런고로 향연은 오랜 세월 속에 드물게 베풀어져야
장엄하고 진귀하기도 하여라.
이는 드물게 있어 가치 있는 돌과도 같고,
목걸이의 주요한 보석과도 같아라.
나의 장롱이 되어 그대를 간직하고 있는 시간도
그러하여라.
또는 숨겨 두었던 자랑거리를 새로 꺼내어
특별한 경우에 특별한 기쁨을 마련하려고
화려한 의상을 감추어 둔 옷장과도 같이.
　　　아, 축복된 그대여, 그대의 진가(眞價)는 크도다.
　　　내 그대를 보면 승리감을, 못 보면 희망을.

53

What is your substance, whereof are you made,

That millions of strange shadows on you tend?

Since every one, hath every one, one shade,

And you but one, can every shadow lend.

Describe Adonis, and the counterfeit

Is poorly imitated after you;

On Helen's cheek all art of beauty set,

And you in Grecian tires are painted new:

Speak of the spring, and foison of the year,

The one doth shadow of your beauty show,

The other as your bounty doth appear;

And you in every blessed shape we know.

　　In all external grace you have some part,

　　But you like none, none you, for constant heart.

53

그대의 실질은 무엇이며, 그대는 무엇으로 이루어졌느뇨?
수백만의 알지 못할 그림자들이 항상 그대를 모시도다.
누구나 사람마다 그림자 하나만 가졌는데,
그대는 홀로 여러 그림자를 던질 수 있어라.
아도니스를 그려 보라, 그 초상은
서투르게 그대와 비슷하리라.
헬렌의 뺨에 모든 미술적 기교가 다 동원되더라도,
그대에게 그리스의 옷을 입혀 새로 그려 놓은 것에
불과하리라.
봄을 말하고 풍년을 말하여 보라,
하나는 그대의 아름다운 그림자를 보이고,
또 하나는 그대의 은덕을 나타내리라.
그리고 우리는 축복 받은 모습 속에 그대를 인식하리로다.
　　우아한 모든 외모는 그대와 관련 있지만,
　　한결같은 마음, 아무도 그대 같지 않아라.

54

O! how much more doth beauty beauteous seem

By that sweet ornament which truth doth give.

The rose looks fair, but fairer we it deem

For that sweet odour, which doth in it live.

The canker blooms have full as deep a dye

As the perfumed tincture of the roses.

Hang on such thorns, and play as wantonly

When summer's breath their masked buds discloses:

But, for their virtue only is their show,

They live unwoo'd, and unrespected fade;

Die to themselves. Sweet roses do not so;

Of their sweet deaths, are sweetest odours made:

    And so of you, beauteous and lovely youth,

    When that shall vade, by verse distills your truth.

54

아, 아름다움이 얼마나 더 아름답게 보이는고,
진실이 주는 고운 장식에 의하여!
장미는 아름다워라, 그러나 그 안에 좋은 향기가 있기에
더 아름답게 보여라.
들장미도 그 짙은 꽃빛은
장미의 향기로운 빛깔과 같고
같은 가시 있는 가지에 달려서 분망하게 놀도다,
여름 바람이 그들의 가면 쓴 꽃봉오리를 벗길 때까지.
그러나 그들 미덕은 다만 외양이므로
그들은 사랑도 존경도 받지 못하고 시들어
보람 없이 죽도다. 향기로운 장미는 그렇지 않아라,
그들의 향기로운 죽음은 가장 진한 방향으로
만들어졌나니.
        그대도 또한 그러하여라, 아름답고 사랑스러운
        젊은이여,
            미가 시들 때 진실은 나의 시에 증류(蒸溜)되리.

55

Not marble, nor the gilded monuments

Of princes, shall outlive this powerful rhyme;

But you shall shine more bright in these contents

Than unswept stone, besmear'd with sluttish time.

When wasteful war shall statues overturn,

And broils root out the work of masonry,

Nor Mars his sword, nor war's quick fire shall burn

The living record of your memory.

'Gainst death, and all-oblivious enmity

Shall you pace forth; your praise shall still find room

Even in the eyes of all posterity

That wear this world out to the ending doom.

    So, till the judgment that yourself arise,

    You live in this, and dwell in lovers' eyes.

55

대리석도, 왕후를 위하여 세운
금빛 찬란한 기념비도, 이 시보다 오래 남지 못하리라.
오랜 세월에 더럽혀지고 청소도 아니 한 비석보다
그대는 이 시 속에 빛나리라.
파괴만 하는 전쟁이 동상(銅像)을 무너뜨리고,
분쟁이 건축물의 초석(礎石)을 뽑을 때에도
군신(軍神)의 칼도, 급한 불도,
그대를 기념하는 이 생생한 기록을 태우지 못하리.
죽음과 모든 것을 잊게 하는 적을 물리치고
그대는 전진하리라, 그대의 예찬은
말세까지 이 지상에 영속할
자자손손의 눈 속에 남으리라.
　　그러기에 그대가 재생할 심판 날까지
　　그대는 내 시 속에, 그리고 애인들 눈 속에
　살으리라.

56

Sweet love, renew thy force; be it not said

Thy edge should blunter be than appetite,

Which but to-day by feeding is allay'd,

To-morrow sharpened in his former might:

So, love, be thou, although to-day thou fill

Thy hungry eyes, even till they wink with fulness,

To-morrow see again, and do not kill

The spirit of love, with a perpetual dulness.

Let this sad interim like the ocean be

Which parts the shore, where two contracted new

Come daily to the banks, that when they see

Return of love, more blest may be the view;

    Or call it winter, which being full of care,

        Makes summer's welcome, thrice more wished, more rare.

56

고운 사랑이여, 너의 힘을 새롭게 하라.
너의 칼날이 식욕의 그것보다 무디단 말 듣지 않도록.
식욕이란 채워 주면 당장은 누그러지나
이튿날이면 전일의 힘을 되찾아 날카로워지나니.
사랑이여, 너도 그럴지어다. 너의 주린 눈을
포만으로 감기도록 지금 네가 채운다 하더라도
밝은 날 다시 눈떠 보라, 그래서 영원한 졸림으로
사랑의 정기를 죽이는 일이 없게 하라.
이 서러운 시간을 두 해안을 갈라놓는 대양(大洋)이게
하라.
그곳에 새로이 약혼한 두 사람이
매일처럼 기슭에 다다라 그들의 사랑이
회복돼 옴을 보게 된다면, 그 광경은 더욱 복돼 보이리라.
　혹 그것을 겨울이라 부르자, 겨울은 걱정으로
가득 차
　여름 오길 세 배나 바라고, 더 희귀한 걸로
만드느니라.

57

Being your slave what should I do but tend,

Upon the hours, and times of your desire?

I have no precious time at all to spend;

Nor services to do, till you require.

Nor dare I chide the world-without-end hour,

Whilst I, my sovereign, watch the clock for you,

Nor think the bitterness of absence sour,

When you have bid your servant once adieu;

Nor dare I question with my jealous thought

Where you may be, or your affairs suppose,

But, like a sad slave, stay and think of nought

Save, where you are, how happy you make those.

So true a fool is love, that in your will,

Though you do anything, he thinks no ill.

57

내 그대의 노예가 되었나니 그대가 요구하는 시간에
시중드는 것밖에 무엇을 하리요?
나에게는 소비할 귀중한 시간도 없고
할 일도 없어라, 그대가 명하시기 전에는.
나의 군주여, 내가 그대 위하여 시계를 들여다보는 동안
끝없는 시간을 감히 나무라지도 못하고,
한 번 그대가 하인에게 작별을 고하면
서로 보지 못하는 고통을 괴롭게도 안 여기노라.
그대가 어디 계실까, 무엇을 하시나
질투하는 마음으로 묻지도 않노라.
슬픈 노예인 양 무심히 앉아 있으리,
그대 가는 곳마다 사람들 기쁘게 하시리라 생각하며.
　　사랑은 임에게 복종하는 충실한 바보라,
　　무엇을 하시든 나쁘게 생각지 않아라.

58

That god forbid, that made me first your slave,

I should in thought control your times of pleasure,

Or at your hand the account of hours to crave,

Being your vassal, bound to stay your leisure!

O! let me suffer, being at your beck,

The imprison'd absence of your liberty;

And patience, tame to sufferance, bide each check,

Without accusing you of injury.

Be where you list, your charter is so strong

That you yourself may privilage your time

To what you will; to you it doth belong

Yourself to pardon of self-doing crime.

    I am to wait, though waiting so be hell,

    Not blame your pleasure be it ill or well.

58

애초에 나를 그대의 노예로 삼았던 신이여,
　행여 그대의 즐거운 시간, 내 마음으로라도 제약지 못하게
하고
　보낸 시간에 대한 그대의 설명, 내 요구치 못하게
금하시라.
　나는 그대 시종이요, 그대 한가로운 때에 모시도록 되어
있나니!
　아, 그대 하라시는 대로 하는 몸이니, 그대 안 계신
동안의
　나의 옥에 갇힌 듯한 생활을, 나로 하여 참게 하시라.
　고난을 겪는 데 길든 참을성이, 모든 비난을 견디어
　모욕을 주셔도 그대를 책망치 않게 하시라.
　그대 어디에 계시건 그대의 특권은 강대하므로
　그대의 뜻하는바 그 어떤 일에도
　그대의 시간을 소비하실 수 있고, 또 스스로 이루신
잘못을
　용서하고 아니 하고도 그대에게 속하여 있느니라.
　　　나는 그저 기다릴 뿐, 기다림이 비록 지옥 같다
　　해도
　　　언짢건 좋건 그대의 향락을 책망 않으리.

59

If there be nothing new, but that which is
Hath been before, how are our brains beguil'd,
Which labouring for invention bear amiss
The second burthen of a former child!
O! that record could with a backward look,
Even of five hundred courses of the sun,
Show me your image in some antique book,
Since mind at first in character was done!
That I might see what the old world could say
To this composed wonder of your frame;
Wh'r we are mended, or wh'r better they,
Or whether revolution be the same.
　　O! sure I am the wits of former days,
　　　To subjects worse have given admiring praise.

59

만약 전에 있던 것 외에 새로운 것이 또 없다면,
우리의 두뇌는 얼마나 기만을 당하고 있는 것이뇨.
새로 창작하려 애쓰면서 이미 낳은 아이를
두 번 다시 낳는 고역을 헛되이 겪고 있으리니!
아! 기록에 의하여 태양의 오백 주기의 옛날까지도
거슬러 올라가,
사람의 마음이 애초에 문자로 쓰인 이후
어느 고서(古書)에서 그대에 합당한 영상을 볼 수 있기를.
그리하여 그대의 조화 이룬 놀라운 아름다움을
대한다면,
옛 세상이 무어라 일컬었을까를 내 알 수 있기를.
우리가 더욱 뛰어날까, 혹 그들이 우리보다 더욱 나을까,
또는 세상은 바뀌었어도 같은가를.
　　아! 그러나 나는 확신하노라, 옛날 재인(才人)들은
　　훨씬 못한 사람들에게 찬미를 바치었으리라는
　　것을.

60

Like as the waves make towards the pebbled shore,
So do our minutes hasten to their end;
Each changing place with that which goes before,
In sequent toil all forwards do contend.
Nativity, once in the main of light,
Crawls to maturity, wherewith being crown'd,
Crooked eclipses 'gainst his glory fight,
And Time that gave doth now his gift confound.
Time doth transfix the flourish set on youth
And delves the parallels in beauty's brow,
Feeds on the rarities of nature's truth,
And nothing stands but for his scythe to mow:
    And yet to times in hope, my verse shall stand.
    Praising thy worth, despite his cruel hand.

60

파도가 조약돌 깔린 해변으로 들이치듯이,
시간은 종말을 향해 달음질치도다,
앞서거니 뒤서거니 자리를 바꾸며
연달아 앞을 다투도다.
한때 맑은 대양(大洋)에 태어나
점점 성숙하여 화관(花冠)을 받고 나면
짓궂은 일식(日食)이 그 영광을 잠식하도다.
이리하여 시간은 갖다준 선물을 파괴하도다.
세월은 청춘에게 주었던 꽃을 변모시키고,
그 아름다운 이마에 주름을 그어 놓고,
자연의 진리로 이룬 진품(珍品)을 먹이로 하도다.
그의 낫 끝이 베려는 곳에 견디는 것 없어라.
　　그러나 내 시는 시간의 잔인을 물리치고,
　　그대를 찬양하려 길이 남으리라.

61

Is it thy will, thy image should keep open
My heavy eyelids to the weary night?
Dost thou desire my slumbers should be broken,
While shadows like to thee do mock my sight?
Is it thy spirit that thou send'st from thee
So far from home into my deeds to pry,
To find out shames and idle hours in me,
The scope and tenure of thy jealousy?
O, no! thy love, though much, is not so great:
It is my love that keeps mine eye awake:
Mine own true love that doth my rest defeat,
To play the watchman ever for thy sake:
    For thee watch I, whilst thou dost wake elsewhere,
    From me far off, with others all too near.

61

고달픈 밤늦게까지 그대의 영상을 찾느라
감기는 나의 눈을 뜨고 있게 함은, 그대 뜻인가?
그대 닮은 그림자로 하여금 나의 눈을 속여
선잠 깨게 하는 것을 그대는 바라느뇨?
그것은 내게서 부끄러운 짓, 어리석은 때 찾아내고자
나의 소행을 살펴보기 위하여 멀리 계신 그대가,
그대의 정신을 보내시는 것인가?
나를 그대의 질투의 대상으로 여겨.
오! 아니라, 그대의 사랑 많긴 하나 그럴 만큼 크진
못하도다.
나의 눈을 깨어 있게 하는 것은 내 사랑이라.
그대 위해 잠 안 자고 번(番)을 들면서
내 안식을 교란하는 것도 바로 나의 참된 사랑이라.
나는 그대 위하여 지켜보노라, 그대 먼 곳에서
모르는 이들을 가까이 데리고 깨어 계실 때.

62

Sin of self-love possesseth all mine eye

And all my soul, and all my every part;

And for this sin there is no remedy,

It is so grounded inward in my heart.

Methinks no face so gracious is as mine,

No shape so true, no truth of such account;

And for myself mine own worth do define,

As I all other in all worths surmount.

But when my glass shows me myself indeed

Beated and chopp'd with tanned antiquity,

Mine own self-love quite contrary I read;

Self so self-loving were iniquity.

  'Tis thee, — myself, — that for myself I praise,

  Painting my age with beauty of thy days.

62

자아도취의 죄가 나의 눈을 모두 점령하도다,
온통 나의 영혼도 또 신체 각 부분도.
이 죄악에 대한 치료법은 없나니
그것이 내 가슴속 하도 깊이 놓여 있기 때문이라.
내 생각에 나의 얼굴만큼 수려한 것도 없어라.
이만큼 이상적인 모습도 없고 이만큼 진실한 마음도
없어라.
그리하여 스스로 나의 미덕을 들추어 보도다,
모든 타인들을 모든 점에서 내가 능가하노라 해서.
그러나 한 번 거울이 나의 늙어 찌들어져서
겯고 갈라진 모습을 보여 줄 때면
나는 내 자아도취의 의미를 전혀 달리 읽노라.
그토록 자아도취에 빠진 나는 큰 부정이라고.
　　내가 자찬하는 바는 바로 나 자신은 그대이노라.
　　그대의 청춘의 아름다움을 빌어 나의 늙음을
　치장하며.

63

Against my love shall be as I am now,

With Time's injurious hand crush'd and o'erworn;

When hours have drain'd his blood and fill'd his brow

With lines and wrinkles; when his youthful morn

Hath travell'd on to age's steepy night;

And all those beauties whereof now he's king

Are vanishing, or vanished out of sight,

Stealing away the treasure of his spring;

For such a time do I now fortify

Against confounding age's cruel knife,

That he shall never cut from memory

My sweet love's beauty, though my lover's life:

His beauty shall in these black lines be seen,

And they shall live, and he in them still green.

63

나의 애인이 지금 나처럼 시간의 독한 마수에 걸려
구겨지고 거칠어질 때를 대비하여,
세월이 그의 젊은 피를 마셔 없애고
그의 이마를 주름과 잔금으로 가득 채울 때
그의 청춘의 아침이 노년의 가파른 밤에 이를 때
지금은 그가 왕으로 군림하여 소유하는 모든 아름다움이
그의 전성 시기의 보물들을 훔쳐 가지고
사라져 가거나 또는 아주 보이지 않게 사라져 버릴 때
그와 같은 때를 위해 나는 스스로 강화하여
파괴적인 노쇠의 잔인한 칼에 대비하도다.
그래서 비록 나의 애인의 생명은 끊어낸다 할지라도,
그의 젊은 때의 아름다움에 관한 기억만은 끊지 않게
하리라.
　　그의 아름다움은 먹으로 쓴 이 글줄에서 보게
되리라.
　　글줄은 불멸하고 그도 그 속에서 길이 푸르리라.

64

When I have seen by Time's fell hand defac'd

The rich-proud cost of outworn buried age;

When sometime lofty towers I see down-raz'd,

And brass eternal slave to mortal rage;

When I have seen the hungry ocean gain

Advantage on the kingdom of the shore,

And the firm soil win of the watery main,

Increasing store with loss, and loss with store;

When I have seen such interchange of state,

Or state itself confounded, to decay;

Ruin hath taught me thus to ruminate —

That Time will come and take my love away.

    This thought is as a death which cannot choose

    But weep to have, that which it fears to lose.

64

세월의 잔인한 손에 상하여, 옛 시대의
호화스럽던 사치가 낡아 매몰된 것을 볼 때,
한때 하늘 높이 솟았던 탑이 넘어지고
영원히 남을 동상이 인간의 분노에 희생된 것을 볼 때,
대양(大洋)이 주린 듯 해변가 왕국을 범하여
그 면적을 늘리고
또 견고한 땅이 바다를 먹어나가
손(損)에 의해 득(得)하고, 득에 의해 손 됨을 볼 때,
내 이런 상태의 변화
또는 호화(豪華) 자체가 쇠퇴하여 멸망하는 것을 볼 때,
황폐(荒廢)는 나에게 이런 생각을 되살아나게 하노라,
마침내 내 애인을 빼앗아 갈 때가 오리라고.
　　　이런 생각은 죽음과도 같아라, 잃을까 겁나는
　　　그런 물건을 갖고 있는 심정은 울 수밖에는 없어라.

65

Since brass, nor stone, nor earth, nor boundless sea,
But sad mortality o'ersways their power,
How with this rage shall beauty hold a plea,
Whose action is no stronger than a flower?
O! how shall summer's honey breath hold out,
Against the wrackful siege of battering days,
When rocks impregnable are not so stout,
Nor gates of steel so strong but Time decays?
O fearful meditation! where, alack,
Shall Time's best jewel from Time's chest lie hid?
Or what strong hand can hold his swift foot back?
Or who his spoil of beauty can forbid?
   O! none, unless this miracle have might,
   That in black ink my love may still shine bright.

65

황동(黃銅)도 암석도 대지도 가없는 바다도,
참담한 죽음이 그들의 세력 위에 군림하니
힘이 꽃송이 하나보다 강할 것 없는
미가 이 폭력에 대항하여 무슨 항변을 세우랴?
부딪쳐 오는 세월의 파괴적 포위에 대하여
아! 여름날은 그 감미로운 숨결을 어이 유지할 수
있으리요?
시간이 부수지 못하리만큼 튼튼한 철문도 있을 수 없고,
요지부동의 암석들도 그만큼 견고하지 못한 법이니.
아, 두려운 명상! 시간의 상자에서 꺼내어
가장 귀한 보석을 감춰 둘 곳은 어드메뇨?
어떤 강한 손이 시간의 빠른 발걸음을 억제하며
또 누가 미를 파괴하는 그를 금지할 수 있겠는고?
    아무도 없도다! 다만 이 기적에만 위력이 있고
    검은 먹 속에 나의 사랑이 오래오래 빛나게 하는
  수밖에.

66

Tired with all these, for restful death I cry,

As to behold desert a beggar born,

And needy nothing trimm'd in jollity,

And purest faith unhappily forsworn,

And gilded honour shamefully misplac'd,

And maiden virtue rudely strumpeted,

And right perfection wrongfully disgrac'd,

And strength by limping sway disabled

And art made tongue-tied by authority,

And folly — doctor-like — controlling skill,

And simple truth miscall'd simplicity,

And captive good attending captain ill:

    Tir'd with all these, from these would I be gone,

    Save that, to die, I leave my love alone.

66

이 모든 것에 싫증이 나 내 죽음의 안식을 희구하노라.
재덕(才德)이 걸인(乞人)으로 태어난 것을 보고,
공허가 화려하게 성장한 것을 보고,
순진한 신의(信義)는 불행히 기만당한 것을 보고,
찬란한 명예가 부끄럽게 잘못 주어진 것을 보고,
처녀의 정조가 무참히도 짓밟히는 것을 보고,
올바른 완성(完成)이 부당하게 욕을 당한 것을 보고,
강한 힘이 절름발이에 제어되어 무력화된 것을 보고,
예술이 권력 앞에 벙어리가 된 것을 보고,
바보가 박사인 양 기술자를 통제하는 것을 보고,
솔직한 진실이 잘못 불리는 것을 보고,
선한 포로가 악한 적장을 섬기는 것을 볼 때,
　　이 모든 것에 싫증이 나 나 죽고자 하노라,
　　죽는 것이 사랑을 두고 가는 것이 아니라면.

67

Ah! wherefore with infection should he live,

And with his presence grace impiety,

That sin by him advantage should achieve,

And lace itself with his society?

Why should false painting imitate his cheek,

And steel dead seeming of his living hue?

Why should poor beauty indirectly seek

Roses of shadow, since his rose is true?

Why should he live, now Nature bankrupt is,

Beggar'd of blood to blush through lively veins?

For she hath no exchequer now but his,

And proud of many, lives upon his gains.

    O! him she stores, to show what wealth she had

    In days long since, before these last so bad.

아! 어찌하여 그는 부패한 속세와 더불어 살아야 하는고?
불량배들에게 은총을 베풀고
그들의 죄악을 유리하게 하여 주고
그들과 사귀어 그들의 장식품이 되어야 하느뇨?
어찌하여 허위의 화장이 그의 뺨을 모방하고
그의 생기 있는 살갗에서 죽은 빛을 훔쳐가야 하느뇨?
어찌하여 변변치 않은 미가
불순하게 장미를 구해야 되느뇨? 그의 장미 좋다 하여.
그는 왜 살아야 하느뇨? 자연이 파산하여,
산 혈관 속에서 붉게 흐를 피도 없는 지금.
지금 자연이 가진 자원(資源)이라고는 그뿐이래서
많은 것을 뽑내면서도 그의 수입으로 사도다.
    아, 자연이 그를 간직함은 예전 재물을 과시하려
  함이라.
    오래전에, 사람들이 그리 나쁘게 되기 전에.

68

Thus is his cheek the map of days outworn,

When beauty lived and died as flowers do now,

Before these bastard signs of fair were born,

Or durst inhabit on a living brow;

Before the golden tresses of the dead,

The right of sepulchres, were shorn away,

To live a second life on second head;

Ere beauty's dead fleece made another gay:

In him those holy antique hours are seen,

Without all ornament, itself and true,

Making no summer of another's green,

Robbing no old to dress his beauty new;

> And him as for a map doth Nature store,
>
> To show false Art what beauty was of yore.

68

이와 같이 그의 얼굴은 스러진 옛날의 전형이어라.
그때는 미가 지금의 화초처럼 나고 죽고 하던 때요,
미의 천한 사생아들이 태어나기 이전이요,
그것들이 감히 살아 있는 이마 위에 앉아 있기 이전이라.
당연히 묘지의 소유물인 죽은 자의 금빛 머릿단이
제2의 머리 위에서, 제2의 삶을 영위코자
잘리기 이전이요,
죽은 미인의 털옷이 또 다른 사람을 치장시키기 이전이라.
옛날의 성스러운 모습을 그에게서 보게 되도다,
장식이라고는 없고 오직 참모습의 자신뿐,
한여름 경치를 꾸미려고 다른 것의 푸르름을 빌지도
않고,
죽은 자의 미를 벗겨 치장을 새로이 하지도 않고.
    그래 거짓 기술에게 옛날의 미가 어떠했던가를
    보이고자
    자연은 그로써 전형을 삼고 그를 간직하여 두도다.

69

Those parts of thee that the world's eye doth view

Want nothing that the thought of hearts can mend;

All tongues — the voice of souls — give thee that due,

Uttering bare truth, even so as foes commend.

Thy outward thus with outward praise is crown'd;

But those same tongues, that give thee so thine own,

In other accents do this praise confound

By seeing farther than the eye hath shown.

They look into the beauty of thy mind,

And that in guess they measure by thy deeds;

Then — churls — their thoughts, although their eyes were kind,

To thy fair flower add the rank smell of weeds:

But why thy odour matcheth not thy show,

The soil is this, that thou dost common grow.

69

사람들의 눈이 보는 그대의 각 부분은
마음이 할 수 있는 개선을 필요로 하지 않노라.
영혼의 음성인 모든 사람의 입이 그대에게 당연한 찬사
주도다.
가식 없는 진실이라 적까지도 그렇게 말하리라.
그대의 외양은 외부의 찬양으로 영예를 얻도다.
그러나 그대에게 당연한 것을 준 그 같은 혀가
눈을 보아 온 것보다 더 깊이 보고
어조를 바꾸어 그 칭찬을 취소하도다.
그들은 그대의 마음의 미를 들여다보고,
그대의 행실을 참작하여 그것을 재려고 하도다.
눈은 상냥하였었으나 생각은 인색하게
그대의 아름다운 꽃에 잡초의 악취가 있다 하는도다.
　　　그럼 어찌해 그대의 냄새는 외양과 일치하지
　　않느뇨.
　　　이는 그대가 세속과 섞여 살아가기 때문이로다.

70

That thou art blam'd shall not be thy defect,

For slander's mark was ever yet the fair;

The ornament of beauty is suspect,

A crow that flies in heaven's sweetest air.

So thou be good, slander doth but approve

Thy worth the greater being woo'd of time;

For canker vice the sweetest buds doth love,

And thou present'st a pure unstained prime.

Thou hast passed by the ambush of young days

Either not assail'd, or victor being charg'd;

Yet this thy praise cannot be so thy praise,

To tie up envy, evermore enlarg'd,

   If some suspect of ill mask'd not thy show,

    Then thou alone kingdoms of hearts shouldst owe.

그대가 비방 받는 것이 그대의 결점일 수는 없도다,
이는 아름다운 것이 언제나 비방의 표적이었기 때문이라.
혐의를 받음은 미의 자랑이라,
하늘의 가장 맑은 바람결을 까마귀는 나는도다.
따라서 그대가 선하다면 시대의 인기를 얻어
비방은 그대의 가치가 더 위대함을 증명하여 줄 뿐이로다.
나쁜 자벌레는 가장 어여쁜 꽃봉오리를 사랑하고,
그대는 순결한 한창 시절을 보이도다.
그대는 젊은 시절의 액운을 모면했어라.
타력을 받지 않았거나, 또는 습격을 물리친 승리자
되어서.
그러나 이렇게 받은 칭찬은 그대의 영예는 되려니와
영원히 커지는 시기심을 묶어 둘 만큼 크지는 못하도다.
　　　　만약 악한 시기심이 그대의 외모를 가리지만
　　않는다면,
　　　　그대만이 여러 마음들의 영토를 소유케 되리.

71

No longer mourn for me when I am dead

Than you shall hear the surly sullen bell

Give warning to the world that I am fled

From this vile world with vilest worms to dwell:

Nay, if you read this line, remember not

The hand that writ it, for I love you so,

That I in your sweet thoughts would be forgot,

If thinking on me then should make you woe.

O! if, — I say you look upon this verse,

When I perhaps compounded am with clay,

Do not so much as my poor name rehearse;

But let your love even with my life decay;

    Lest the wise world should look into your moan,

    And mock you with me after I am gone.

내가 죽어 음산한 종소리가,
내가 이 저열한 세상을 떠나
가장 저열한 벌레와 살러 간 것을 알리거든.
그대 더 오래 슬퍼 말라.
그리고 이 시구를 읽더라도 그 필자는 생각지도 말라.
내 그대를 극진히 사랑하기에, 그대가
나 때문에 슬퍼하는 것보다, 그대의
고운 생각 속에서 잊어지기를 바라노라.
내 말하노니, 아마도 내가 흙이 되었을 때
그대가 이 시구를 읽더라도
나의 대수롭지 않은 이름을 입 밖에 내지 말고,
그대의 사랑도 나의 목숨과 함께 소멸하게 하라,
    영리한 세상이 그대가 애탄하는 것을 보고
    나 죽은 후 그대를 조롱하지 않도록.

72

O! lest the world should task you to recite
What merit lived in me, that you should love
After my death, — dear love, forget me quite,
For you in me can nothing worthy prove;
Unless you would devise some virtuous lie,
To do more for me than mine own desert,
And hang more praise upon deceased I
Than niggard truth would willingly impart:
O! lest your true love may seem false in this
That you for love speak well of me untrue,
My name be buried where my body is,
And live no more to shame nor me nor you.
  For I am shamed by that which I bring forth,
  And so should you, to love things nothing worth.

아! 나 죽은 후까지 그대가 나를 사랑한다면,
세상 사람들은 어떤 큰 덕이 내게 있었느냐고 물으리라.
그대여, 나를 완전히 잊어버리라,
나에게는 가치 있는 것이 하나도 없나니.
그대는 후덕한 거짓말을 만들어서
나의 진가 이상으로 나를 평가하고,
인색한 진실이 기꺼이 주려는 것 이상으로
죽은 나에게 칭찬을 하지 않는 한.
사랑을 위하여 나를 거짓 칭찬하므로
아! 그대의 진실한 사랑이 거짓으로 아니 보이게,
내 이름도 내 몸이 있는 곳에 묻어 버리고,
내게도 그대에게도 수치가 되지 않게 하라.
　　　나는 내가 산출(産出)한 것 때문에 부끄럽고,
　　　그대는 가치 없는 것을 사랑하므로 부끄럽나니.

73

That time of year thou mayst in me behold

When yellow leaves, or none, or few, do hang

Upon those boughs which shake against the cold,

Bare ruin'd choirs, where late the sweet birds sang.

In me thou see'st the twilight of such day

As after sunset fadeth in the west;

Which by and by black night doth take away,

Death's second self, that seals up all in rest.

In me thou see'st the glowing of such fire,

That on the ashes of his youth doth lie,

As the death-bed, whereon it must expire,

Consum'd with that which it was nourish'd by.

    This thou perceiv'st, which makes thy love more strong,

    To love that well, which thou must leave ere long.

73

그대 나에게서 늦은 계절을 보리라,
누런 잎이 몇 잎 또는 하나도 없이
삭풍에 떠는 나뭇가지
고운 새들이 노래하던 이 폐허된 성가대석(聖歌隊席)을
나에게서 그대 석양이 서천에
이미 넘어간 그런 황혼을 보리라,
모든 것을 안식 속에 담을 제2의 죽음,
그 암흑의 밤이 닥쳐올 황혼을
그대는 나에게서 이런 불빛을 보리라,
청춘이 탄 재, 임종의 침대 위에
불을 붙게 한 연료에 소진되어
꺼져야만 할 불빛을.
　　그대 이것을 보면 안타까워져
　　오래지 않아 두고 갈 것을 더욱더 사랑하리라.

74

But be contented: when that fell arrest

Without all bail shall carry me away,

My life hath in this line some interest,

Which for memorial still with thee shall stay.

When thou reviewest this, thou dost review

The very part was consecrate to thee:

The earth can have but earth, which is his due;

My spirit is thine, the better part of me:

So then thou hast but lost the dregs of life,

The prey of worms, my body being dead;

The coward conquest of a wretch's knife,

Too base of thee to be remembered.

    The worth of that is that which it contains,

    And that is this, and this with thee remains.

74

그러나 안심하시라. 저 잔악한 포교(捕校)가
어떠한 보석(保釋)도 허락지 않고 나를 데려갈 때면
나의 생명은 이 시 안에 얼마의 몫을 가져
이 시는 오래도록 그대 곁에 있는 나의 기념물이 되리라.
그대가 이 시를 다시 읽으시면, 그 핵심이
그대께 바쳐졌음을 아시리라.
흙에 돌아가는 것 오직 흙뿐이라, 이는 당연한 그의
몫이요.
그처럼 나의 영혼은 그대의 것, 그것은 나의 좋은
부분이라.
나의 육신이 죽어서 벌레의 제물이 되어도
그대가 잃은 것은 단지 생명의 찌꺼기일 뿐.
어느 철면피의 칼에 비열한 승리가 이루어져도
이는 그대가 기억하시기엔 너무 미천한 일이어라.
　　　그것의 가치는 그것이 안에 지니고 있는 것이라,
　　　그것은 바로 이것*으로, 이는 그대와 함께 남을
　　것이니라.

---

* 이 시(詩)를 가리킴.

75

So are you to my thoughts as food to life,

Or as sweet-season'd showers are to the ground;

And for the peace of you I hold such strife

As 'twixt a miser and his wealth is found.

Now proud as an enjoyer, and anon

Doubting the filching age will steal his treasure;

Now counting best to be with you alone,

Then better'd that the world may see my pleasure:

Sometime all full with feasting on your sight,

And by and by clean starved for a look;

Possessing or pursuing no delight,

Save what is had, or must from you be took.

    Thus do I pine and surfeit day by day,

      Or gluttoning on all, or all away.

75

  그러니 나의 상념에 대하여 그대는 생명에 대한 음식과
같고,
  또 대지에 대한 단비와 같도다.
  그대가 주는 평화로 인하여 나는 안타깝도다,
  마치 인색한 자가 그의 재산 때문에 고민하듯이.
  소유자로서 그는 지금 자랑스러우나
  자기 보물을 부정한 세상이 탈취하지 않을까 가끔
겁내도다.
  때로는 그대하고만 함께 있는 것을 최상으로 여기고,
  또 세상 사람들에게 나의 기쁨을 보여 더 복되고 싶어
하도다.
  때로는 그대의 모습을 겹도록 보고 얼마 안 가서
잠깐이라도 뵈옵기를 갈망하노라.
  나는 그대가 주신 것이나, 그대에게서 취하는 것 이외의
  그 어떤 즐거움도 소유하지 않고 추구도 하지 않나니.
        이처럼 나날이 나는 굶주리기도 하고 포식도
    하노라,
        모두 탐식하고 또 아무것도 없고.

76

Why is my verse so barren of new pride,
So far from variation or quick change?
Why with the time do I not glance aside
To new-found methods, and to compounds strange?
Why write I still all one, ever the same,
And keep invention in a noted weed,
That every word doth almost tell my name,
Showing their birth, and where they did proceed?
O! know sweet love I always write of you,
And you and love are still my argument;
So all my best is dressing old words new,
Spending again what is already spent:
    For as the sun is daily new and old,
    So is my love still telling what is told.

76

어찌하여 나의 시에는 새로운 장식(裝飾)이 없고,
다양한 모습이나 발랄한 변화가 없는고?
어찌하여 나는 유행을 좇아
새로 발명된 방식이나 신기한 혼합법에 곁눈질 아니
하는고?
어찌하여 나는 한결같이 한 가지에 관해서만 쓰고
나의 창작에 이미 널리 알려진 의상만을 입혀서
글자 하나하나가 내 이름을 드러내게 하고,
그들의 집안, 그들의 내력을 훤히 말하게 하는고?
아! 나의 고운 님이여, 이는 내 항상 그대에 관해서만
쓰고,
그대와 사랑만이 언제나 나의 주제(主題)이기 때문이라.
이리하여 나의 최선의 작품은 옛글에 새 옷 입히고,
이미 사용되었던 바를 다시 사용하게 되노라.
　저 태양이 날마다 새롭고도 오래된 거와 같이
　나의 사랑도 이미 말한 것을 두고두고
　이야기하노라.

77

Thy glass will show thee how thy beauties wear,

Thy dial how thy precious minutes waste;

These vacant leaves thy mind's imprint will bear,

And of this book, this learning mayst thou taste.

The wrinkles which thy glass will truly show

Of mouthed graves will give thee memory;

Thou by thy dial's shady stealth mayst know

Time's thievish progress to eternity.

Look! what thy memory cannot contain,

Commit to these waste blanks, and thou shalt find

Those children nursed, deliver'd from thy brain,

To take a new acquaintance of thy mind.

    These offices, so oft as thou wilt look,

    Shall profit thee and much enrich thy book.

그대의 거울은 그대 아름다움이 얼마나 깎이는가를 보여
주리라.

그대의 해시곈 그대 귀한 시간이 어떻게 낭비되는가 보여
주리라.

또 이 빈 종잇장은 그대 마음의 자취를 지니리라.

그대는 이 책에서 이러한 교훈을 음미(吟味)하리라.

그대의 거울이 진실하게 보여 주는 이마 주름은,

입을 벌린 무덤의 기억을 주리라.

그대는 시계의 숨어서 가는 그림자를 보고

영원으로 향하는 시간의 밀행(密行)을 알리라.

보라! 그대의 기억이 간직하지 못하는 것은

이 빈 지면(地面)에 맡기라,

하면 그대의 두뇌에서 태어나 길러지는 아이들을
발견하고

그대 마음의 새 친교(親交)를 얻으리라.

거울과 시계를 들여다볼 때마다

그대는 이익을 얻고 이 책은 풍부해지리라.

78

So oft have I invoked thee for my Muse,

And found such fair assistance in my verse

As every alien pen hath got my use

And under thee their poesy disperse.

Thine eyes, that taught the dumb on high to sing

And heavy ignorance aloft to fly,

Have added feathers to the learned's wing

And given grace a double majesty.

Yet be most proud of that which I compile,

Whose influence is thine, and born of thee:

In others' works thou dost but mend the style,

And arts with thy sweet graces graced be;

    But thou art all my art, and dost advance

    As high as learning, my rude ignorance.

78

그리도 자주 그대를 불러
나의 시 속에 아름다운 원조를 얻었어라.
낯 모르는 시인들이 나를 모방하고,
그대의 후원 아래 그들의 시를 발표하도다.
벙어리로 하여금 소리 높이 노래 부르기를 가르치고,
둔한 무지(無知)를 높이 날게 한 그대의 눈은
박학한 날개에 깃털을 더해 주고
우아에게 갑절의 존엄성을 주었어라.
그러나 내가 짓는 것을 최대의 자랑으로 하라.
그 영감은 그대의 것이요, 그대에게서 얻은 것이니.
다른 시인의 작품에서는, 그대는 문체만을 고치도다.
그리고 그대의 고운 미덕은 그들의 예술을 우아하게
하도다.
　　　그러나 그대는 나의 예술의 전부라,
　　　나의 무딘 무지를 높여 박식과 같이 만들도다.

79

Whilst I alone did call upon thy aid,

My verse alone had all thy gentle grace;

But now my gracious numbers are decay'd,

And my sick Muse doth give an other place.

I grant, sweet love, thy lovely argument

Deserves the travail of a worthier pen;

Yet what of thee thy poet doth invent

He robs thee of, and pays it thee again.

He lends thee virtue, and he stole that word

From thy behaviour; beauty doth he give,

And found it in thy cheek: he can afford

No praise to thee, but what in thee doth live.

    Then thank him not for that which he doth say,

    Since what he owes thee, thou thyself dost pay.

나만이 그대의 원조를 구하던 때에는
내 시구는 그대의 모든 자혜로운 영향을 받았었노라.
그러나 지금 나의 우아한 시구는 쇠퇴하고,
병든 나의 시신(詩神)은 다른 이에게 자리를 내주었노라.
고운 사랑이여, 그대의 사랑스러운 주제는
훨씬 우수한 시인이 진통을 겪을 가치가 있도다.
그러나 그대의 시인이 그대에 대하여 창작한 것은
그대에게서 빼앗아 갔다가 다시 그대에게 돌려준
것뿐이라.
시신은 그대의 '덕'을 칭송하도다.
그 덕이란 말은 그대의 행동에서 탈취한 것이라.
그는 '미'를 주도다, 그것은 그대의 뺨에서 발견한 것이라.
그는 그대에게 있는 것 외엔 아무 찬사도 줄 수 없노라.
　　　그렇다면 그가 말하는 것에 대해 감사하지 말라,
　　　그가 그대에게 빚지고 있는 것을 그대 자신이
　　지불하나니.

80

O! how I faint when I of you do write,

Knowing a better spirit doth use your name,

And in the praise thereof spends all his might,

To make me tongue-tied speaking of your fame!

But since your worth —— wide as the ocean is, ——

The humble as the proudest sail doth bear,

My saucy bark, inferior far to his,

On your broad main doth wilfully appear.

Your shallowest help will hold me up afloat,

Whilst he upon your soundless deep doth ride;

Or, being wrack'd, I am a worthless boat,

He of tall building, and of goodly pride:

    Then if he thrive and I be cast away,

    The worst was this, —— my love was my decay.

아! 내 그대에 대해 글을 쓴다면 기절할 것 같아라.
나보다 나은 분이 그대의 이름을 쳐들며
그 찬미에 모든 그의 역량을 발휘하는 것을 앎으로,
나를 벙어리로 만들고 그대의 영예를 일컬으며
그러나 그대의 은덕 대양같이 넓어
미천한 돛도 교만한 돛도 포용하고,
그의 배보다 훨씬 못한 나의 버릇없는 작은 배도
그대의 큰 바다 위에 뻔뻔스럽게 나타나도다.
그대가 조금만 원조를 주시면 나는 뜨리라,
측량할 수 없이 깊은 그대의 위를 그가 항해할 때에.
불우하게 파선을 당하더라도, 나는 보잘것없는 배이로다,
그는 드높게 만든 늠름한 자랑이지만.
　　그러니 그가 번영하고 내가 버림을 받더라도
　　최악은 이것이다. 내 사랑이 나를 몰락시켰을 뿐.

81

Or I shall live your epitaph to make,

Or you survive when I in earth am rotten;

From hence your memory death cannot take,

Although in me each part will be forgotten.

Your name from hence immortal life shall have,

Though I, once gone, to all the world must die:

The earth can yield me but a common grave,

When you entombed in men's eyes shall lie.

Your monument shall be my gentle verse,

Which eyes not yet created shall o'er-read;

And tongues to be, your being shall rehearse,

When all the breathers of this world are dead;

    You still shall live, —— such virtue hath my pen, ——

    Where breath most breathes, even in the mouths of men.

어쩌면 내가 그대의 묘비를 쓰게끔 오래 살지도 모르고,
어쩌면 내가 흙 속에서 썩고 있을 때 그대 살아 있을
것이라.
어쨌든 그대의 기억은 죽음도 빼앗아 가지 못하리라.
내게 속하는 모든 것이 다 잊힌다 해도.
그대의 이름은 이 시에 의하여 영생하리라,
나는 한 번 죽으면 이 세상의 모든 것이 끝나지마는
그리고 땅은 나에게 보통 무덤만을 주지만,
그대는 사람들의 눈 속에 누우리라.
그대의 비문은 나의 정다운 시라.
그것은 아직 창조되지 않은 눈들이 읽고,
이 세상에 태어날 혀들이 그대의 이야기를 하리라,
지금 숨을 쉬고 있는 사람들이 죽었을 때에.
　　　그대는 언제나 살리라 — 내 붓은 그런 힘
　　있나니 —
　　　숨결이 약동하는 곳, 사람의 입속에서.

82

I grant thou wert not married to my Muse,
And therefore mayst without attaint o'erlook
The dedicated words which writers use
Of their fair subject, blessing every book.
Thou art as fair in knowledge as in hue,
Finding thy worth a limit past my praise;
And therefore art enforced to seek anew
Some fresher stamp of the time-bettering days.
And do so, love; yet when they have devis'd,
What strained touches rhetoric can lend,
Thou truly fair, wert truly sympathiz'd
In true plain words, by thy true-telling friend;
 And their gross painting might be better us'd
 Where cheeks need blood; in thee it is abus'd.

.

82

그대는 나의 시신(詩神)과 결혼하지 않았나니,
  다른 문인들이 그들의 아름다운 주제인 그대에게 바치는
말들을 읽고,
  그 각 편의 치하에, 불명예스럽지 않을 거라.
  그대는 자색(姿色)에 있어서와 같이 지식에 있어서도
  그대의 진가는 내가 예찬할 수 있는 이상의 것이라.
  그러므로 전진한 시대의 청신한 증명서를
  새로 찾게 되었으리라.
  사랑하는 이여, 그렇게 하라.
  하나 그들의 수사학이 줄 수 있는 최대의 과장을
한다더라도
  그대가 참으로 수려함은
  그대의 진실을 말할 친구의 참된 말 속에 여실히
나타나리라.
      그들의 야비한 분칠은 혈색 없는 뺨에나 좋을
  것이라.
      그대에게 쓰는 것은 잘못이로다.

83

I never saw that you did painting need,
And therefore to your fair no painting set;
I found, or thought I found, you did exceed
That barren tender of a poet's debt:
And therefore have I slept in your report,
That you yourself, being extant, well might show
How far a modern quill doth come too short,
Speaking of worth, what worth in you doth grow.
This silence for my sin you did impute,
Which shall be most my glory being dumb;
For I impair not beauty being mute,
When others would give life, and bring a tomb.
    There lives more life in one of your fair eyes
    Than both your poets can in praise devise.

83

그대가 분칠을 필요로 하는 것을 본 일이 없도다,
그러므로 내 그대의 미에 분칠을 한 적이 없노라.
나는 알았노라, 또는 안다고 생각했노라,
그대는 은총 입은 시인이 쓴 메마른 헌시(獻詩)보다 훨씬
낫다고.
그러므로 나는 그대를 찬양하는 것을 그쳤노라,
그대 자신이 현존(現存)하시어
현대의 필치로는 표현할 수 없는
높은 품격이 자라고 있는 것을 보이시나니.
그 침묵을 그대는 죄로 여기셨지만,
벙어리 되는 것이 차라리 가장 영광스러워라.
나는 잠잠히 있음으로 미를 손상시키지 않지만,
다른 이들은 생명을 주고서 무덤을 가져오나니.
　　　그대의 아름다운 눈 하나하나에
　　　두 시인의 찬사(讚辭) 이상의 생명이 있도다.

84

Who is it that says most, which can say more,

Than this rich praise, — that you alone, are you?

In whose confine immured is the store

Which should example where your equal grew.

Lean penury within that pen doth dwell

That to his subject lends not some small glory;

But he that writes of you, if he can tell

That you are you, so dignifies his story,

Let him but copy what in you is writ,

Not making worse what nature made so clear,

And such a counterpart shall fame his wit,

Making his style admired every where.

　　You to your beauteous blessings add a curse,

　　Being fond on praise, which makes your praises worse.

84

누가 가장 칭찬을 잘하느뇨?
'그대만이 그대이라'는 이 극찬보다 누가 더 잘하리요?
그대의 몸만이 그대와 같은 것이 있다는 것을
증명할 수 있는 미의 저장소.
누구나 그의 주제에 적으나마 영광을 주지 못한다면
빈약한 필력(筆力)이라 말하리.
하나 그대에 대해 쓰는 사람이 그댄 그대란 걸 말할 수
있다면
　그의 이야기는 품위 있는 것이 되리라.
　그로 하여금 그대 속에 쓰여 있는 것을 그대로 옮기게
하라,
　자연히 현명하게 써 놓은 것을 악화시키지 않도록 하며
　그러면 그 초상은 그의 재능을 유명하게 하리라
　그 작풍(作風)을 칭송하게 하면서.
　　그대는 아름다운 축복에 재앙을 가져오도다,
　　그대의 명예를 더럽히는 찬사를 너무 좋아하여.

85

My tongue-tied Muse in manners holds her still,

While comments of your praise richly compil'd,

Reserve their character with golden quill,

And precious phrase by all the Muses fil'd.

I think good thoughts, whilst others write good words,

And like unlettered clerk still cry 'Amen'

To every hymn that able spirit affords,

In polish'd form of well-refined pen.

Hearing you praised, I say ''tis so, 'tis true,'

And to the most of praise add something more;

But that is in my thought, whose love to you,

Though words come hindmost, holds his rank before.

  Then others, for the breath of words respect,

  Me for my dumb thoughts, speaking in effect.

입을 다문 나의 시신은 예의 바르게 침묵하도다,
그대를 예찬하는 글이 화려하게 창작되고,
찬란한 붓으로 그대의 품격이 보존되고,
귀중한 어구(語句)가 모든 시신에 의해 다듬어질 때
다른 이들이 좋은 말을 쓸 때 나는 다만 좋은 생각 하고
무식한 목사와 같이 늘 '아멘'을 외치노라.
유능한 사람의 세련된 붓으로 쓴
정화된 모든 찬가에 대하여.
그대 예찬됨을 들을 때마다 외치노라, '그렇다,
사실이라'고.
그리고 최대의 찬사에 찬사를 가하노라.
그러나 그것은 단지 내 마음속에만 있노라.
그대에 향한 사랑은 말은 뒤떨어져도 품격은 앞섰느니라.
　　다른 사람에게선 표현을 귀히 여기고
　　나에게선 함정무언(含情無言)의 생각을 중히
여기라.

86

Was it the proud full sail of his great verse,

Bound for the prize of all too precious you,

That did my ripe thoughts in my brain inhearse,

Making their tomb the womb wherein they grew?

Was it his spirit, by spirits taught to write,

Above a mortal pitch, that struck me dead?

No, neither he, nor his compeers by night

Giving him aid, my verse astonished.

He, nor that affable familiar ghost

Which nightly gulls him with intelligence,

As victors of my silence cannot boast;

I was not sick of any fear from thence:

    But when your countenance fill'd up his line,

    Then lacked I matter; that enfeebled mine.

86

이는 하도 귀한 그대에게 잡힐 양으로
자랑스럽게도 활짝 돛을 편 그의 위대한 시편
때문이런가?
나의 원숙한 시상(詩想)이 내 머릿속에서 죽는도다.
그것이 태어난 태반(胎盤)을 무덤으로 만들고.
아, 나를 죽인 것은 인간보다 높은 곡조를 신령들에게서
배운 그의 영혼이런가?
아니로다. 나의 시를 놀라게 한 것은
그가 아니로라, 밤마다 그를 도와주는 그의 동료들도
아니로다.
그도, 또 밤이면 그를 지력(知力)으로
홀리게 하는, 그 정답고 친한 마귀도
나를 침묵게 한 승리자로 뽐내지는 못하리로다.
아니로라, 나는 그것으로 인해 어떠한 두려움도 느끼지
않았노라.
　　　그러나 그대가 그의 시에 총애를 베풀자
　　　나는 주제를 잃었노라, 그리고 내 시는 약해졌노라.

87

Farewell! thou art too dear for my possessing,
And like enough thou know'st thy estimate,
The charter of thy worth gives thee releasing;
My bonds in thee are all determinate.
For how do I hold thee but by thy granting?
And for that riches where is my deserving?
The cause of this fair gift in me is wanting,
And so my patent back again is swerving.
Thy self thou gav'st, thy own worth then not knowing,
Or me to whom thou gav'st it, else mistaking;
So thy great gift, upon misprision growing,
Comes home again, on better judgement making.
    Thus have I had thee, as a dream doth flatter,
    In sleep a king, but waking no such matter.

87

잘 가시라! 그대는 내가 소유하기에 과분하여라,
아마도 그대는 자신의 가치를 알고 있으리로다.
그대 가치의 특허장은 그대를 석방하나니,
그대에의 내 인연은 이제 모두 끝났어라.
그대의 허락 없이 내 어찌 그대를 붙잡으리요?
또한 그런 부(富)를 지닐 자격이 내게 어디 있으리요?
이 아름다운 선물을 향유할 자격이 내게 없기에,
내 특허권은 시효가 끝나 원상으로 돌아가노라.
그대는 그대 자신의 진가를 몰랐거나,
나를 잘못 보고 자신을 주었으리라.
그러므로 그대의 큰 선물은 오해로 주신 것이기에
바른 재량을 내리시자 그 선물은 본집으로 돌아가는
거니라.
　　꿈에 속는 듯 그대를 가졌었거니
　　잠잘 때는 황제요 깨면 그렇지 않아라.

88

When thou shalt be dispos'd to set me light,

And place my merit in the eye of scorn,

Upon thy side, against myself I'll fight,

And prove thee virtuous, though thou art forsworn.

With mine own weakness, being best acquainted,

Upon thy part I can set down a story

Of faults conceal'd, wherein I am attainted;

That thou in losing me shalt win much glory:

And I by this will be a gainer too;

For bending all my loving thoughts on thee,

The injuries that to myself I do,

Doing thee vantage, double-vantage me.

   Such is my love, to thee I so belong,

    That for thy right, myself will bear all wrong.

88

그대가 나를 대수롭지 않게 여기고
내 재덕을 천시할 때
나는 그대 편에 서서 나 자신에 대적하여,
그대가 위증을 하더라도 그대가 정당하다고 증명하리라.
나는 내 약점을 잘 앎으로 그대 편에 서서
내가 지녔으나 숨겨 두었던 허물들을
이야기로 만들어 쓸 수 있으리라,
그대가 나를 버림으로 영광을 얻도록.
그리하여 나도 이익을 보리라.
나의 애정 전부를 그대에게 기울임으로
나 자신에 주는 손상이
그대를 이롭게 한다면 내게는 갑절의 이익이라.
    이것이 나의 사랑이라, 이렇게도 나는 그대에게
  예속됐나니
    그대의 정당을 위해 내 어떠한 박해도 견디리라.

89

Say that thou didst forsake me for some fault,
And I will comment upon that offence:
Speak of my lameness, and I straight will halt,
Against thy reasons making no defence.
Thou canst not love disgrace me half so ill,
To set a form upon desired change,
As I'll myself disgrace; knowing thy will,
I will acquaintance strangle, and look strange;
Be absent from thy walks; and in my tongue
Thy sweet beloved name no more shall dwell,
Lest I, too much profane, should do it wrong,
And haply of our old acquaintance tell.
    For thee, against my self I'll vow debate,
    For I must ne'er love him whom thou dost hate.

89

어떤 허물 때문에 나를 버린다고 하시면,
나는 그 허물을 더 과장하여 말하리라.
나를 절름발이라고 하시면, 나는 곧 다리를 절으리라,
그대의 말씀에 구태여 변명 아니 하며.
애인이여, 사랑을 바꾸고 싶어 구실을 만드시는 것은
내가 날 욕되게 아니하는 것보다 절반도 날 욕되게 아니
하도다.
그대의 뜻이라면 아직까지의 친교를 말살하고
서로 모르는 사이처럼 보이게 하리라.
그대 가는 곳에는 아니 가리라.
내 입에 그대의 이름을 담지 않으리라.
불경한 내가 혹시 구면이라 알은체하여
그대의 이름에 누를 끼치지 않도록.
　　그대를 위하여서는 나를 대적하여 싸우리라,
　　그대가 미워하는 사람을 내 사랑할 수 없나니.

90

Then hate me when thou wilt; if ever, now;

Now, while the world is bent my deeds to cross,

Join with the spite of fortune, make me bow,

And do not drop in for an after-loss:

Ah! do not, when my heart hath 'scap'd this sorrow,

Come in the rearward of a conquer'd woe;

Give not a windy night a rainy morrow,

To linger out a purpos'd overthrow.

If thou wilt leave me, do not leave me last,

When other petty griefs have done their spite,

But in the onset come: so shall I taste

At first the very worst of fortune's might;

And other strains of woe, which now seem woe,

Compar'd with loss of thee, will not seem so.

그러니 나를 미워하려거든 하라. 그러려거든 지금 바로.
세상이 나의 소행을 방해하려는 지금
악의 있는 운명과 힘을 합쳐 나를 굴복시켜라,
뒤늦게 손해를 끼치려고 뛰어들지 마라.
아! 나의 마음이 이 비애를 벗어났을 때
정복된 비애의 후면(後面)으로 들이치지 마라.
바람 분 밤, 그 이튿날 아침에 비 오게 하지 마라,
기도(企圖)한 전복(顚覆)을 주저하여.
나를 떠나시려거든 최후에 떠나지 마라,
다른 적은 슬픔들이 나를 괴롭힌 뒤가 아니라
곧 습격해 오라. 그러면 나는
먼저 운명의 최악을 맛보리라.
　　지금 비애로 여겨지는 다른 비애들은
　　그대를 잃어버리는 것에 비하면 비애가 아니라.

91

Some glory in their birth, some in their skill,

Some in their wealth, some in their body's force,

Some in their garments though new-fangled ill;

Some in their hawks and hounds, some in their horse;

And every humour hath his adjunct pleasure,

Wherein it finds a joy above the rest:

But these particulars are not my measure,

All these I better in one general best.

Thy love is better than high birth to me,

Richer than wealth, prouder than garments' costs,

Of more delight than hawks and horses be;

And having thee, of all men's pride I boast:

    Wretched in this alone, that thou mayst take

    All this away, and me most wretchcd make.

91

어떤 이들은 문벌을 자랑하고, 어떤 이들은 기술을,
어떤 이들은 부를, 어떤 이들은 체력을,
어떤 이들은 유행을 따르나 어울리지 않는 의복을
자랑하고
또 어떤 이들은 매나 사냥개를, 어떤 이들은 말을
자랑하도다.
그리고 이 모든 성벽이 그에 부합되는 즐거움을 갖고
있고,
그 속에서 다른 모든 것을 능가하는 기쁨을 찾는도다.
그러나 이런 조목들은 내 판단의 기준엔 해당되지 않도다.
내겐 하나의 전체적인 최선이 있어, 이 모든 것보다
우월하도다.
그대의 사랑은 내겐 고귀한 문벌보다 귀하고,
부보다 중요하고, 값진 의복보다 자랑스럽고,
매 또는 말보다 더 큰 기쁨이라.
또 그대를 소유했으므로 나는 모든 남자의 긍지를
자랑하노라.
　　　단 한 가지 슬픈 일은, 그대가 이 모든 것을 가져가
　　버리고
　　　나를 가장 비참한 자로 만들까 하는 것이라.

92

But do thy worst to steal thyself away,
For term of life thou art assured mine;
And life no longer than thy love will stay,
For it depends upon that love of thine.
Then need I not to fear the worst of wrongs,
When in the least of them my life hath end.
I see a better state to me belongs
Than that which on thy humour doth depend:
Thou canst not vex me with inconstant mind,
Since that my life on thy revolt doth lie.
O! what a happy title do I find,
Happy to have thy love, happy to die!
    But what's so blessed-fair that fears no blot?
    Thou mayst be false, and yet I know it not.

92

그러나 그대가 최악을 행하여 몰래 내게서 떠나가 보라.
내 살아 있는 동안은 그대 내 것으로 확정됐도다.
그리고 그대의 사랑 머물지 않는다면 생은 더 이상
계속지 않으리.
내 생명은 그대의 사랑에 의지해 있나니.
그대의 사랑이 조금만 변해도 내 생명은 끝이 나니.
나는 조금도 최악의 일을 두려워할 필요가 없노라.
그대의 변덕에 의존하는 상태보다는
더 나은 상태가 있음을 나는 아노라.
그대는 나를 한결같지 않은 마음으로 괴롭힐 수 없을
것이라,
내 생명은 그대의 반역(反逆)에 달려 있기에.
아! 얼마나 행복한 권리를 누리고 있는가!
그대의 사랑을 얻은 행복! 죽을 수 있는 행복!
　　하나 오명을 두려워 않는 복 받은 아름다움은
　　무엇이뇨?
　　그대 신의가 없다 한들 나는 그것을 몰라라.

93

So shall I live, supposing thou art true,

Like a deceived husband; so love's face

May still seem love to me, though alter'd new;

Thy looks with me, thy heart in other place:

For there can live no hatred in thine eye,

Therefore in that I cannot know thy change.

In many's looks, the false heart's history

Is writ in moods, and frowns, and wrinkles strange.

But heaven in thy creation did decree

That in thy face sweet love should ever dwell;

Whate'er thy thoughts, or thy heart's workings be,

Thy looks should nothing thence, but sweetness tell.

How like Eve's apple doth thy beauty grow,

If thy sweet virtue answer not thy show!

그래서 나는 속는 남편과 같이
그대는 진실하다고 생각하며 살아갈 것이라.
그래서 사랑의 얼굴 전보다 변했지만 언제나 사랑으로
뵈도다.
그대의 얼굴 나와 같이 있어라, 그대 마음은 딴 데
있어도.
그대의 눈에는 증오가 살 수 없으므로
나는 그대 눈에서 그대의 변화를 알 수 없노라.
허다한 사람 얼굴엔 거짓된 마음의 역사가
그 기분, 그 찡그린 얼굴, 또 그 기이한 주름살에 쓰여
있도다.
그러나 하늘은 그대를 창조하실 때
그대의 얼굴엔 감미로운 사랑이 영원히 머물도록
정하셨으니
그대의 생각이 어떻든, 마음이 어떻게 움직이든
그대의 안색은 감미로움 외엔 아무것도 말해 주지
않는도다.
　　아! 그대 미모는 이브의 사과와 같다 하리로다,
　　그대 아름다운 덕성 그대가 보여 주는 것과
　　합치하지 않는다면.

94

They that have power to hurt, and will do none,
That do not do the thing they most do show,
Who, moving others, are themselves as stone,
Unmoved, cold, and to temptation slow;
They rightly do inherit heaven's graces,
And husband nature's riches from expense;
They are the lords and owners of their faces,
Others, but stewards of their excellence.
The summer's flower is to the summer sweet,
Though to itself, it only live and die,
But if that flower with base infection meet,
The basest weed outbraves his dignity:
   For sweetest things turn sourest by their deeds;
   Lilies that fester, smell far worse than weeds.

94

남을 해칠 힘이 있으면서도 아무도 해롭게 하지 않고,
행할 것 같이 보여 준 일을 행하지 않는 사람들,
다른 사람들을 감동시키면서 그들 자신은 돌 같아
냉정해서 움직이지 않고 유혹에도 빠지지 않는 사람들,
그들은 참으로 천국의 은총을 물려받았고,
자연의 부를 절약해서 쓴다고 하겠도다.
그들은 그 자신들 얼굴의 영주(領主)요 주인이라,
다른 이들은 그들의 탁월성의 시종(侍從)일 뿐이로라.
여름 꽃은 여름을 아름답게 하도다,
그 자체는 다만 살다 죽지만.
그러나 만일 그 꽃이 나쁜 병에 걸리면
가장 보잘것없는 잡초도 그의 품위를 능가하도다.
　　가장 달콤한 것도 그 행위에 따라 가장 신 것이
　되나,
　　썩은 백합은 잡초보다도 더 악취를 풍기도다.

95

How sweet and lovely dost thou make the shame
Which, like a canker in the fragrant rose,
Doth spot the beauty of thy budding name!
O! in what sweets dost thou thy sins enclose.
That tongue that tells the story of thy days,
Making lascivious comments on thy sport,
Cannot dispraise, but in a kind of praise;
Naming thy name, blesses an ill report.
O! what a mansion have those vices got
Which for their habitation chose out thee,
Where beauty's veil doth cover every blot
And all things turns to fair that eyes can see!
 Take heed, dear heart, of this large privilege;
 The hardest knife ill-us'd doth lose his edge.

95

그대는 치욕을 얼마나 아름답게 만드는고!
향기로운 장미꽃의 벌레와 같이
피어나는 그대 이름의 아름다움을 얼룩지게 하는 치욕을.
오, 얼마나 꽃다운 향기 속에 그댄 그대의 허물을
감싸는고!
그대 과거의 이야기를 하는 그 혀도
그대의 향락에 대하여 음란한 말로 평하면서도,
그 비방을 일종의 찬미로 만들지 않을 수 없어라.
그대의 이름을 들면 악평도 축복을 받도다.
아, 그대를 들어 있을 곳으로 택한 악덕은
얼마나 훌륭한 저택을 택한 것인고!
그곳에선 미의 베일이 모든 오점을 덮어 버리고,
눈으로 볼 수 있는 모든 건 아름다운 것으로 화해
버리도다.
　　　사랑하는 이여, 큰 특권을 조심하라.
　　　가장 날카로운 칼도 잘못 쓰면 날이 상하느니라.

96

Some say thy fault is youth, some wantonness;

Some say thy grace is youth and gentle sport;

Both grace and faults are lov'd of more and less:

Thou mak'st faults graces that to thee resort.

As on the finger of a throned queen

The basest jewel will be well esteem'd,

So are those errors that in thee are seen

To truths translated, and for true things deem'd.

How many lambs might the stern wolf betray,

If like a lamb he could his looks translate!

How many gazers mightst thou lead away,

if thou wouldst use the strength of all thy state!

But do not so; I love thee in such sort,

As, thou being mine, mine is thy good report.

96

어떤 이는 그대 허물을 젊음에 돌리고, 어떤 이는
방종이라 하고,
어떤 이는 그대 우아함이 청춘이요, 품 있는 장난이라
하도다.
그 우아함과 허물, 두 가지가 누구에게나 사랑받고
있노라.
그대를 찾는 사람에게 그댄 흠도 우아함으로 뵈게 하도다.
대수롭지 않은 보석도 왕관을 쓴 여왕이 그 손에 끼시면
가치가 높아지어라.
그대의 과오도 그렇게
진실한 것으로 승화되고, 진실한 것으로 생각되도다.
만일 사나운 늑대가 그 외모를 양처럼 바꿀 수 있다면
그 늑대는 얼마나 많은 양을 속일 것인고!
만일 그대가 그대의 매력과 지위의 힘을 이용한다면
그대는 얼마나 많이 보는 사람을 유혹하리요!
그러나 그러지 마시라, 내 사랑 이리도 간절하여라.
그대는 내 것이니, 그대의 명성도 내 것이라.

How like a winter hath my absence been
From thee, the pleasure of the fleeting year!
What freezings have I felt, what dark days seen!
What old December's bareness everywhere!
And yet this time removed was summer's time;
The teeming autumn, big with rich increase,
Bearing the wanton burden of the prime,
Like widow'd wombs after their lords' decease:
Yet this abundant issue seem'd to me
But hope of orphans, and unfather'd fruit;
For summer and his pleasures wait on thee,
And, thou away, the very birds are mute:
　　Or, if they sing, 'tis with so dull a cheer,
　　That leaves look pale, dreading the winter's near.

97

질주하는 한 해를 즐거이 해 주는 환희인 그대를
떨어져 있던 동안이 얼마나 황량한 겨울과도 같았더뇨!
내 얼마나 냉랭함을 느꼈더뇨! 얼마나 어두운 날을
보았더뇨!
묵은 섣달의 황량함이 모든 곳을 뒤덮고
그러나 내가 그대와 떨어져 있던 때는 여름철이었노라.
부유한 결실로 부푼 풍요한 가을은
남편을 여읜 미망인의 자궁같이
청춘 시절의 분방한 열매를 지니도다.
그러나 이 풍성한 수확도 내게는
고아나 아비 없는 자식을 바라는 것과 같도다.
여름도 그 기쁨도 그대의 시종이기에
그대 여기 안 계시므로 새들도 잠잠하도다.
　　새들이 울어도 그 울음 힘없어 나뭇잎조차
　　창백해지도다,
　　겨울이 다가오는 것이 두려워서.

98

From you have I been absent in the spring,

When proud-pied April, dress'd in all his trim,

Hath put a spirit of youth in every thing,

That heavy Saturn laugh'd and leap'd with him.

Yet nor the lays of birds, nor the sweet smell

Of different flowers in odour and in hue,

Could make me any summer's story tell,

Or from their proud lap pluck them where they grew:

Nor did I wonder at the lily's white,

Nor praise the deep vermilion in the rose;

They were but sweet, but figures of delight,

Drawn after you, you pattern of all those.

　　Yet seem'd it winter still, and you away,

　　As with your shadow I with these did play.

내 그대에게서 떠나 있던 때가 봄이었노라,
찬란하게 아롱진 사월이 성장(盛裝)을 할 대로 하고,
만물에다 청춘의 봄을 불어넣고
침울한 농신(農神)이 소리 높여 웃고 뛰놀던 때이어라.
그러나 새들의 노래도
가지각색 화초 달콤한 향기도
내가 여름의 이야기를 말하게 못 했고,
그들 자라고 있는 자랑스런 언덕에서 그들을 따게 하지
않았도다.
나는 백합의 설백(雪白)을 감탄하지도 않았고,
장미의 심홍(深紅)을 찬양하지도 않았노라.
그들은 아름다우나 그대를 닮았을 때만 기쁨을 주도다.
그대는 꽃의 아름다움의 근원이라.
　　그러나 그대 없는 곳 언제나 겨울 같아라,
　　그대의 그림자라고 꽃들과 놀았노라.

99 *

The forward violet thus did I chide:
Sweet thief, whence didst thou steal thy sweet that smells,
If not from my love's breath? The purple pride
Which on thy soft cheek for complexion dwells
In my love's veins thou hast too grossly dy'd.
The lily I condemned for thy hand,
And buds of marjoram had stol'n thy hair;
The roses fearfully on thorns did stand,
One blushing shame, another white despair;
A third, nor red nor white, had stol'n of both,
And to his robbery had annex'd thy breath;
But, for his theft, in pride of all his growth
A vengeful canker eat him up to death.
　　More flowers I noted, yet I none could see,
　　But sweet, or colour it had stol'n from thee.

---

* 이 소네트는 15행으로 이루어져 있다.

99

일찍 핀 바이올렛을 나는 꾸짖었노라.
고운 도둑이여, 너의 향기를 어디서 훔쳐 왔느뇨?
내 애인의 숨결이 아니라면.
너의 보드라운 빰 위의 그 화려한 보랏빛은
나의 애인의 혈관에서 너무 진하게 들었도다.
백합은 그대 손의 설백(雪白)을 훔쳤다고 나는 선고하고,
마저럼의 봉오리는 그대 머리색을 훔쳤다고 판결했노라.
장미는 가시 위에 두려워 떨며 있도다,
하나는 부끄러워 낯을 붉히고 또 하난 실망하여 하얗고,
붉지도 희지도 않은 셋째 송이는 둘 다 훔치고
그리고 덧붙여 그대의 숨결을 훔쳤도다.
그러나 그 절도죄로 장미가 만발할 때
복수에 찬 벌레는 장미를 먹어 죽게 하도다.
      더 많은 꽃을 살펴보았으나
      그대에게서 향기나 빛깔 훔치지 않은 것 보지
못했노라.

100

Where art thou Muse that thou forget'st so long,

To speak of that which gives thee all thy might?

Spend'st thou thy fury on some worthless song,

Darkening thy power to lend base subjects light?

Return forgetful Muse, and straight redeem,

In gentle numbers time so idly spent;

Sing to the ear that doth thy lays esteem

And gives thy pen both skill and argument.

Rise, resty Muse, my love's sweet face survey,

If Time have any wrinkle graven there;

If any, be a satire to decay,

And make time's spoils despised every where.

Give my love fame faster than Time wastes life,

So thou prevent'st his scythe and crooked knife.

100

시신이여, 그대 어디 있는가?
온갖 힘을 주는 이에 대해 말하기를 그리 오래 잊었다니.
그대는 무가치한 노래에 그대의 정열을 소모하고 있는가?
비천한 주제에 빛을 주므로 그대 힘을 어둡게 하면서.
돌아오라, 기억력 없는 시신이여,
헛되이 써 버린 세월을 즉시 고아한 시구로 보충하라.
그대의 노래를 높이 여기고, 그대의 붓에
기술과 제목을 주는 그 귀에다 노래하라.
일어나라, 게으른 시신이여, 나의 사랑의 고운 얼굴
살펴보라,
세월이 거기에 주름살을 파지나 않았나를.
만일 팠거든 쇠퇴를 풍자하는 이 되어
세월의 파괴가 어디서나 경멸받게 하라.
　　세월이 생명을 낭비하기보다 빨리 내 사랑에게
　　명성을 주라.
　　그리하여 그대 세월의 낫과 굽은 칼을 막아내라.

101

O truant Muse what shall be thy amends

For thy neglect of truth in beauty dy'd?

Both truth and beauty on my love depends;

So dost thou too, and therein dignified.

Make answer Muse: wilt thou not haply say,

'Truth needs no colour, with his colour fix'd;

Beauty no pencil, beauty's truth to lay;

But best is best, if never intermix'd'?

Because he needs no praise, wilt thou be dumb?

Excuse not silence so, for't lies in thee

To make him much outlive a gilded tomb

And to be prais'd of ages yet to be.

    Then do thy office, Muse; I teach thee how

    To make him seem long hence as he shows now.

오, 태만한 시신이여, '미'에 물든 '진(眞)'을 등한히 한 죄
너는 무엇으로 배상할 것인가?
진도 미도 내 애인에게 의존하고
너 또한 그리하여서 품위를 얻은 것이거늘.
시신이여, 대답하라. 너는 이렇게 말하리라,
'진은 고정된 색이 있으므로 채색을 요하지 않으며,
미도 또한 미의 진에 가필(加筆)을 요하지 않고,
아무것도 첨가하지 않을 때 최상이 최상이라'고.
그가 찬사를 요하지 않는다고 벙어리로 있을 것인가?
그것으로 침묵을 변명하지 말라.
금을 입힌 무덤보다 그들 더 오래 남게 하여,
후세의 칭찬을 받게 함은 너에게 달렸어라.
　　　그러니 너의 직책을 수행하라, 시신이여. 내 네게
　　　그를 지금 보는 것 같이 길이 뵈게 하는 법을
　　가르치리라.

102

My love is strengthen'd, though more weak in seeming;
I love not less, though less the show appear;
That love is merchandiz'd, whose rich esteeming,
The owner's tongue doth publish every where.
Our love was new, and then but in the spring,
When I was wont to greet it with my lays;
As Philomel in summer's front doth sing,
And stops her pipe in growth of riper days:
Not that the summer is less pleasant now
Than when her mournful hymns did hush the night,
But that wild music burthens every bough,
And sweets grown common lose their dear delight.
    Therefore like her, I sometime hold my tongue:
    Because I would not dull you with my song.

내 사랑은 약해진 듯해도 강해졌어라.
내 사랑은 줄지 않았어라, 겉으론 준 것 같아도.
주인의 입으로 그 물건의 가치를 함부로 말한다면
그 사랑은 상품이어라.
우리의 사랑은 새로웠었노라, 그때는 봄이었노라.
나는 그때 내 노래로써 우리의 사랑을 맞이했노라.
나이팅게일이 초여름에 노래를 부르다가
한여름이 되면 그치는 것 같아라.
그의 슬픈 노래가 밤을 고요하게 하던 때보다
여름에 즐겁지 않아서가 아니라
나뭇가지마다 음악이 요란하고
고운 소리는 흔해져 그 진귀한 즐거움을 잃었기에.
　　그 새와 같이 때로는 나도 잠잠하여라,
　　나의 노래로 그대를 역겹게 하지 않으려.

103

Alack! what poverty my Muse brings forth,

That having such a scope to show her pride,

The argument, all bare, is of more worth

Than when it hath my added praise beside!

O! blame me not, if I no more can write!

Look in your glass, and there appears a face

That over-goes my blunt invention quite,

Dulling my lines, and doing me disgrace.

Were it not sinful then, striving to mend,

To mar the subject that before was well?

For to no other pass my verses tend

Than of your graces and your gifts to tell;

    And more, much more, than in my verse can sit,

    Your own glass shows you when you look in it.

103

아, 나 시신은 얼마만한 빈약을 만들어 내는고!
언제나 그의 힘이 광대함을 뽐내면서도
그 주제는 나의 찬사를 붙인 것보다
사실 그대로가 오히려 더 가치 있도다.
내가 시를 더 쓰지 못하더라도, 아! 나를 나무라지 마라.
그대여, 거울을 들여다보라, 그러면 거기에
내 시구를 무색게 하고, 나의 면목을 잃게 하며,
나의 서투른 창작을 압도하는 얼굴이 나타나리라.
그렇다면 훌륭했던 주제를 구태여 고쳐 보려다
오히려 손상을 입히는 것 어찌 죄스럽지 않으리요?
나의 시는 그대의 미와 그대의 천품을
노래하려고 쓴 것에 지나지 않노니.
　　　나의 시에 나타낼 수 있는 것보다 더욱더 많은
　　것들을
　　　거울은 보여 주리라, 그대가 들여다보시면.

104

To me, fair friend, you never can be old,
For as you were when first your eye I ey'd,
Such seems your beauty still. Three winters cold,
Have from the forests shook three summers' pride,
Three beauteous springs to yellow autumn turn'd,
In process of the seasons have I seen,
Three April perfumes in three hot Junes burn'd,
Since first I saw you fresh, which yet are green.
Ah! yet doth beauty like a dial-hand,
Steal from his figure, and no pace perceiv'd;
So your sweet hue, which methinks still doth stand,
Hath motion, and mine eye may be deceiv'd:
    For fear of which, hear this thou age unbred:
    Ere you were born was beauty's summer dead.

104

아름다운 친구여, 내 생각엔 그대는 늙을 수 없는 것
같아라.
내가 처음 그대의 얼굴을 봤을 때같이
지금도 그렇게 아름다워라. 추운 겨울에 세 번이나
나무숲에서 여름의 자랑을 흔들어 버렸고,
아름다운 봄이 세 번이나 황금빛 가을로 변했어라.
계절의 변화를 눈여겨보았더니
사월의 향기가 세 번이나 뜨거운 유월에 불탔어라.
싱싱하고 푸르른 그대를 처음 뵈온 이래로.
아! 그러나 아름다움이란 해시계의 바늘처럼
그 숫자에서 발걸음도 안 보이게 도망치도다.
그대의 고운 자색(姿色)도 내 변함없다고 여기지만
실은 움직이며, 내 눈이 아마 속는 것이로다.
　　그 염려 있나니 너 아직 태어나지 않은 세대여,
　들으라.
　　너희들이 나기 전에 미의 여름은 이미 죽었어라.

105

Let not my love be call'd idolatry,

Nor my beloved as an idol show,

Since all alike my songs and praises be

To one, of one, still such, and ever so.

Kind is my love to-day, to-morrow kind,

Still constant in a wondrous excellence;

Therefore my verse to constancy confin'd,

One thing expressing, leaves out difference.

'Fair, kind, and true,' is all my argument,

'Fair, kind, and true,' varying to other words;

And in this change is my invention spent,

Three themes in one, which wondrous scope affords.

Fair, kind, and true, have often liv'd alone,

Which three till now, never kept seat in one.

105

나의 사랑을 우상숭배라고 부르지 말라,
또 나의 애인이 우상화되었다고 여기지 말라,
모든 나의 노래와 찬사가 언제나 한결같이
단 하나에서 바치는 단 하나에 관한 것이라 하여.
나의 애인은 오늘도 정답고 내일도 정답고
경탄하리만큼 한결같아라.
그러므로 나의 시는 불변의 법칙에 매여
하나만을 표현하고 다른 것은 버리노라.
'미·선·진'은 내 주제의 전부니라,
'미·선·진'을 말을 바꾸어 노래할 뿐.
이런 변화에만 나의 상상이 소비되도다.
하나 속에 세 주제, 이는 놀랄 만한 영역이라.
     '미·선·진' 하나하나가 혼자 있는 때는 가끔
  있었으나
     셋이서 자리를 함께한 적은 이제껏 없어라.

106

When in the chronicle of wasted time
I see descriptions of the fairest wights,
And beauty making beautiful old rime,
In praise of ladies dead and lovely knights,
Then, in the blazon of sweet beauty's best,
Of hand, of foot, of lip, of eye, of brow,
I see their antique pen would have express'd
Even such a beauty as you master now.
So all their praises are but prophecies
Of this our time, all you prefiguring;
And for they looked but with divining eyes,
They had not skill enough your worth to sing:
    For we, which now behold these present days,
    Have eyes to wonder, but lack tongues to praise.

106

지나간 세월의 기록 속에서
가장 아름다운 사람들의 묘사를 볼 때,
또 죽은 귀부녀와 수려한 기사(騎士)를 예찬하며
미인 중의 미인의
손·발·입술·눈·이마를 보여 준
고가(古歌)를 아름답게 만든 미를 볼 때,
나는 그들의 옛 필치가
그대가 지금 지닌 미를 표현한 것으로 아노라.
그러므로 그들의 모든 예찬은
그대를 예상하고 우리 시대를 예언한 것에 지나지 않노라.
그들은 다만 짐작하는 눈으로 보았으므로
그대의 진가를 노래할 만한 역량을 갖지 못했노라.
　　지금 이 현대를 보는 우리는
　　경탄할 눈은 있어도 찬미할 혀는 없도다.

107

Not mine own fears, nor the prophetic soul

Of the wide world dreaming on things to come,

Can yet the lease of my true love control,

Supposed as forfeit to a confin'd doom.

The mortal moon hath her eclipse endur'd,

And the sad augurs mock their own presage;

Incertainties now crown themselves assur'd,

And peace proclaims olives of endless age.

Now with the drops of this most balmy time,

My love looks fresh, and Death to me subscribes,

Since, spite of him, I'll live in this poor rime,

While he insults o'er dull and speechless tribes:

  And thou in this shalt find thy monument,

   When tyrants' crests and tombs of brass are spent.

나 자신이 지닌 기우(杞憂)도
또는 미래의 일들을 꿈꿔 보는 이 넓은 세계의 영혼도
나의 진실한 사랑의 기한을 좌우하지 못하리라,
그 종말이 정해져 있는 것처럼 보이지만.
인간계의 달은 월식을 잘 견디고
슬픈 점쟁이들 자신의 예언을 비웃는도다.
불안은 지금 확신을 갖게 되고
평화는 올리브 나무의 영원한 번영을 선언하도다.
이 가장 향기로운 계절의 이슬에 젖어
나의 사랑은 생기를 띠고, 죽음도 나에게 굴복하도다.
죽음이 원한을 품는대도 나는 이 서툰 노래 속에
영생하리라,
　그가 우둔하고 말 못 하는 사람들을 욕되게 하더라도.
　　　　그대는 이 노래 속에서 그대의 기념비를 찾으리라,
　　　폭군의 문장(紋章)과 황동(黃銅)의 능이 사라진
　　때에도.

108

What's in the brain, that ink may character,
Which hath not figur'd to thee my true spirit?
What's new to speak, what now to register,
That may express my love, or thy dear merit?
Nothing, sweet boy; but yet, like prayers divine,
I must each day say o'er the very same;
Counting no old thing old, thou mine, I thine,
Even as when first I hallow'd thy fair name.
So that eternal love in love's fresh case,
Weighs not the dust and injury of age,
Nor gives to necessary wrinkles place,
But makes antiquity for aye his page;
    Finding the first conceit of love there bred,
        Where time and outward form would show it dead.

108

글로 쓸 수 있는 그 무엇이, 내 머릿속에 남아 있으리요?
그대에게 글로 나타내 보이지 않는 내 정성이.
말하여 새롭고 기록하여 새로운 그 무엇이 있으리요?
나의 사랑을, 그리고 그대의 재덕을 나타내기 위하여.
아무것도 없노라, 고운 소년이여.
하나 신성한 기도처럼 매일 같은 말을 되풀이할 수밖에
없노라.
　그대는 내 것, 나는 그대 것이란 말을, 낡았다 생각지
아니하며,
　내가 처음 그대의 고운 이름을 거룩하게 부른 때와도
같이.
　그러므로 사랑이 언제나 새로운 경우, 변치 않는 사랑은
세월의 먼지와 상처를 꺼리지 아니하며
와야만 하는 주름살을 허용치 아니하며
노인으로 하여금 영원한 시동(侍童)으로 만들도다.
　　세월과 외모로 하여 죽은 것같이 보여도
　　거기에서 자라난 사랑의 첫정을 찾으리.

109

O! never say that I was false of heart,

Though absence seem'd my flame to qualify,

As easy might I from my self depart

As from my soul which in thy breast doth lie:

That is my home of love: if I have rang'd,

Like him that travels, I return again;

Just to the time, not with the time exchang'd,

So that myself bring water for my stain.

Never believe though in my nature reign'd,

All frailties that besiege all kinds of blood,

That it could so preposterously be stain'd,

To leave for nothing all thy sum of good;

    For nothing this wide universe I call,

    Save thou, my rose, in it thou art my all.

내게 신의가 없다고 말하지 말라,
떠나 있어 나의 정열이 약해진 것같이 보이오리나.
그대 가슴에 깃들어 있는 나의 혼을
그리 쉽사리 떠날 수 있다면 내 몸도 쉬 버릴 수 있으리라.
그대의 가슴은 나의 사랑의 보금자리라.
만일 내가 방황한다면 여행하는 사람같이 돌아가리라,
바로 제시간에 그동안에 아무 변함도 없이
나의 오점을 씻을 수 있게.
모든 성격의 모든 약점이
내 천성 속에 있다더라도
그대 전부를 이유 없이 버릴 만큼
그렇게 타락하였다고는 믿지 말라.
　　그대가 없다면, 나는 이 넓은 우주를 공허라고
　부르리라.
　　나의 장미여, 그대는 이 세상에서 나의 전부라.

110

Alas! 'tis true, I have gone here and there,
And made my self a motley to the view,
Gor'd mine own thoughts, sold cheap what is most dear,
Made old offences of affections new;
Most true it is, that I have look'd on truth
Askance and strangely; but, by all above,
These blenches gave my heart another youth,
And worse essays prov'd thee my best of love.
Now all is done, save what shall have no end:
Mine appetite I never more will grind
On newer proof, to try an older friend,
A god in love, to whom I am confin'd.
　　Then give me welcome, next my heaven the best,
　　Even to thy pure and most most loving breast.

아! 슬프게도 사실이어라, 내가 여기저기 돌아다니며
내 몸을 광대로 만들어
자존심에 상처를 입히고, 가장 귀한 것을 값싸게 팔아
새 사랑으로 말미암아 옛사랑은 분노를 일으키게 했노라.
참으로 나는 진실을 곁눈으로 이상하게 보았느니.
그러나 어쨌든 이 한눈팔이는
나의 마음에 제2의 청춘을 주었고,
나쁜 경험은 그대가 내 최상의 사랑인 것을 증명했노라.
모든 것이 끝난 지금, 끝나지 않을 것을 받아 달라.
이제는 내 옛사랑을 시험하려고
내 욕망을 새 실험 위에 연마(硏磨)하지는 않으리라,
내가 얽매여 있는 사랑의 신이여.

　　그러면 나를 맞아 달라, 하늘 다음가는 그대여,
　　그대의 순결하고 가장 애정 깊은 가슴에.

111

O! for my sake do you with Fortune chide,

The guilty goddess of my harmful deeds,

That did not better for my life provide

Than public means which public manners breeds.

Thence comes it that my name receives a brand,

And almost thence my nature is subdu'd

To what it works in, like the dyer's hand:

Pity me, then, and wish I were renew'd;

Whilst, like a willing patient, I will drink,

Potions of eisel 'gainst my strong infection;

No bitterness that I will bitter think,

Nor double penance, to correct correction.

    Pity me then, dear friend, and I assure ye,

    Even that your pity is enough to cure me.

111

아! 나를 위하여, 그대여, 운명을 꾸짖어 달라,
내게 나쁜 행위를 하게 한 죄진 여신을.
그녀는 나에게 생을 위하여 세상에 아부하기를
가르쳤으며,
처세술 외에는 아무것도 마련해 주지 않았노라.
내 이름에 낙인이 찍힘은 그 까닭이라,
내 천성이 하는 과업에 얽매여
염색공의 손같이 된 것도 거의 다 그 때문이라.
그러니 나를 불쌍히 여겨, 내가 새사람 되도록 기원해
달라.
그러면 나는 심한 병을 면하기 위하여
극약이라도 마시겠노라, 마음먹은 병인과 같이.
아무리 쓴 것도 쓴 것으로 여기지 않으리라,
제재(制裁)에 제재를 가하더라도 이중의 고행으론 여기지
않으리.
　　　그러니 사랑하는 벗이여, 나를 불쌍히 여기라,
　　　내 그대에게 보증하노니, 동정만도 내 병 고치기
　　　족하도다.

112

Your love and pity doth the impression fill,

Which vulgar scandal stamp'd upon my brow;

For what care I who calls me well or ill,

So you o'er-green my bad, my good allow?

You are my all-the-world, and I must strive

To know my shames and praises from your tongue;

None else to me, nor I to none alive,

That my steel'd sense or changes right or wrong.

In so profound abysm I throw all care

Of others' voices, that my adder's sense

To critic and to flatterer stopped are.

Mark how with my neglect I do dispense:

    You are so strongly in my purpose bred,

    That all the world besides methinks are dead.

그대의 사랑과 연민은
속된 추문이 내 이마에 찍은 낙인을 없애 주도다.
나를 시(是)라 비(非)라 부르는 사람 무엇 때문에
상관하리요?
그대가 내 악을 푸른 그늘로 덮어 주고 내 선을 인증해
주나니
그대는 나의 온 세상이라, 나는 다만 그대 입으로부터
나의 수치와 명예를 알려 애쓰노라.
내게는 다른 아무도 없고 또 누구 위해서도 나는 살지
않으므로
나의 강철 같은 마음을 선으로 또는 악으로 바꿀 수
없노라.
다른 사람의 말에 대한 관심을
깊은 연못에 던져
나의 독사 같은 마음은 비평도 아부도 듣지 않노라.
그대여 유념하라, 어찌도 무관심한지.
　　그대는 그리도 강하게 내 마음속에 뿌리박았나니
　　그 밖의 온 세상은 죽은 것 같아라.

113

Since I left you, mine eye is in my mind;
And that which governs me to go about
Doth part his function and is partly blind,
Seems seeing, but effectually is out;
For it no form delivers to the heart
Of bird, of flower, or shape which it doth latch:
Of his quick objects hath the mind no part,
Nor his own vision holds what it doth catch;
For if it see the rud'st or gentlest sight,
The most sweet favour or deformed'st creature,
The mountain or the sea, the day or night:
The crow, or dove, it shapes them to your feature.
    Incapable of more, replete with you,
      My most true mind thus maketh mine untrue.

113

그대를 떠난 뒤에 내 눈은 내 마음속에 있도다.
그리고 나를 인도하여야 할 기관이
그 직책을 떠나 거의 눈이 멀고,
보는 것 같으나 사실은 보지 못하도다.
새의 모양도 꽃의 모양도 또는 어떤 형체도
눈이 보는 것을 마음에 전달하지 못하도다.
눈이 빨리 보는 것에 마음은 참여하지 못하고
눈도 그것이 포착한 모습을 그대로 보존치 못하도다.
조야(組野)한 것을 보거나 우아한 것을 보거나
가장 아름다운 자태거나 미운 불구자거나
산이나 바다, 낮이나 또는 밤,
까마귀나 또는 비둘기, 눈은 모든 것을 그대 모습으로
만든다.
　　　그대만으로 채워지고 더 채울 수 없어
　　　진실된 내 마음은 내 눈을 허위로 만들도다.

114

Or whether doth my mind, being crown'd with you,

Drink up the monarch's plague, this flattery?

Or whether shall I say, mine eye saith true,

And that your love taught it this alchemy,

To make of monsters and things indigest

Such cherubins as your sweet self resemble,

Creating every bad a perfect best,

As fast as objects to his beams assemble?

O! 'tis the first, 'tis flattery in my seeing,

And my great mind most kingly drinks it up:

Mine eye well knows what with his gust is 'greeing,

And to his palate doth prepare the cup:

    If it be poison'd, 'tis the lesser sin

    That mine eye loves it and doth first begin.

내 그대를 왕관(王冠)으로 썼기에, 내 마음은
제왕의 병(病)이라 할 아첨을 마신다 할 것인고?
아니면, 내 눈이 보여 주는 것은 진실이거니
내 눈이 그대의 사랑에게서 배운 연금술로
괴물도 기형(畸形)도
그대의 수려한 모습을 닮은 천사와 같게 만들어
어떤 물체이건 그 광선에 모이는 순간
악은 무상(無上)의 완전으로 변한다 할 것인고?
아! 먼저 생각이 옳도다, 내 눈의 기만이로다,
나의 큰마음은 제왕과 같이 그것을 마시노라.
내 눈은 마음이 좋아하는 것을 잘 앎으로
그 입에 맞게 술잔을 준비하도다.
　　　설사 독을 섞었다 해도 가벼운 죄라.
　　　눈이 그것을 사랑하여 먼저 마시느니.

115

Those lines that I before have writ do lie,

Even those that said I could not love you dearer:

Yet then my judgment knew no reason why

My most full flame should afterwards burn clearer.

But reckoning Time, whose million'd accidents

Creep in 'twixt vows, and change decrees of kings,

Tan sacred beauty, blunt the sharp'st intents,

Divert strong minds to the course of altering things;

Alas! why fearing of Time's tyranny,

Might I not then say, 'Now I love you best,'

When I was certain o'er incertainty,

Crowning the present, doubting of the rest?

Love is a babe, then might I not say so,

To give full growth to that which still doth grow?

내가 예전에 쓴 시구에는 거짓이 있노라,
지금보다 더 그대를 사랑할 수 없다고 한 말까지도.
그때 나는 나의 가장 큰 불길이
훗날 더 밝게 불타리라고는 미처 깨닫지 못했노라,
다만 시간만을 인식하며 시간이 가져오는 백만의
우연(偶然)이
서약을 깨뜨리게 하고 국왕의 포고를 변경하고
신성한 미를 추하게 하고 날카로운 결의(決意)를 둔하게
하고
강한 마음을 세파에 따라 변하게 하는 것만을
인식했기에.
아, 슬프다! 세월의 난폭을 무서워했다면
'지금 내가 그대를 가장 사랑한다'고 말하지 않았으리요?
내가 현재를 예찬하고 미래를 의심하며
불안정을 확신할 때.
  사랑은 어린 아기라. 그렇다면 그렇게 말하지
 못했을 텐데
  아직도 자라고 있는 것 더 자라게 하려고.

116

Let me not to the marriage of true minds
Admit impediments. Love is not love
Which alters when it alteration finds,
Or bends with the remover to remove:
O, no! it is an ever-fixed mark,
That looks on tempests and is never shaken;
It is the star to every wandering bark,
Whose worth's unknown, although his height be taken.
Love's not Time's fool, though rosy lips and cheeks
Within his bending sickle's compass come;
Love alters not with his brief hours and weeks,
But bears it out even to the edge of doom.
　　If this be error and upon me prov'd,
　　I never writ, nor no man ever lov'd.

116

진실한 사람들의 결혼에
방해를 용납하지 않으리라.
변화가 생길 때 변하고
변심자와 같이 변심하는 사랑은 사랑이 아니로다.
아, 아니로다! 사랑은 영원히 변치 않는 지표라,
폭풍을 겪고도 동요를 모르는.
사랑은 모든 방황하는 배의 북두성이로다,
그 고도는 측량할 수 있어도 그 진가는 알 수 없는.
사랑은 세월의 놀림감은 아니라
장밋빛 입술과 뺨은 세월에 희생되더라도,
사랑은 짧은 시일에 변치 않고
심판일까지 견디어 나가느니라.
　　　이것이 틀린 생각이요 그렇게 증명된다면,
　　　나는 글을 쓰지 않으리라, 인간을 결코 사랑하지
않았으리라.

117

Accuse me thus: that I have scanted all,

Wherein I should your great deserts repay,

Forgot upon your dearest love to call,

Whereto all bonds do tie me day by day;

That I have frequent been with unknown minds,

And given to time your own dear-purchas'd right;

That I have hoisted sail to all the winds

Which should transport me farthest from your sight.

Book both my wilfulness and errors down,

And on just proof surmise, accumulate;

Bring me within the level of your frown,

But shoot not at me in your waken'd hate;

    Since my appeal says I did strive to prove

    The constancy and virtue of your love.

내가 전혀 등한히 하였다고 꾸짖어라.
그대의 큰 은정(恩情)에 보답했어야 할 것을
날마다 그 의무에 매여 있으면서도
가장 귀한 사랑을 칭송할 것을 잊었었노라.
때때로 모를 사람들과 어울려
비싸게 산 우정의 권리를 낭비했다고.
멀리 그대의 시야에서 나를 실어 갈
모든 바람에 돛을 달았다고.
나의 고집과 과오를 다 책에 올리고
정확한 증거 위에 추축(樞軸)을 쌓아
그대의 찌푸린 얼굴 앞에 데려가달라,
그러나 지금 일어나는 증오로써 나를 쏘지는 말라.
　　그대의 정조와 미덕을 증명하려 노력한 것을
　　나의 항소장이 명언하는 바이니.

118

Like as, to make our appetite more keen,

With eager compounds we our palate urge;

As, to prevent our maladies unseen,

We sicken to shun sickness when we purge;

Even so, being full of your ne'er-cloying sweetness,

To bitter sauces did I frame my feeding;

And, sick of welfare, found a kind of meetness

To be diseas'd, ere that there was true needing.

Thus policy in love, to anticipate

The ills that were not, grew to faults assur'd,

And brought to medicine a healthful state

Which, rank of goodness, would by ill be cur'd;

But thence I learn and find the lesson true,

Drugs poison him that so fell sick of you.

118

우리의 식욕을 한층 더 날카롭게 하려고
갖은양념으로 입맛을 돋우듯이,
또 보이지 않는 병을 예방하려고
하제(下劑)를 먹고 병을 앓듯이,
바로 그처럼 싫증 날 수 없는 그대의 감미로운 진수에
배불러,
초간장을 내 음식에 쳤노라,
건강이 역겨워 적당한 방법을 발견했으니,
그것은 정말 병들기 전에 미리 앓아 보는 것이라.
이렇게 사랑의 정책은 오지 않은 불행을 예측하고
실제로 과오를 범하게 되었노라.
그리고 지나친 선을 악으로 고치려고
건강한 몸에 약을 먹였노라.
　　그러나 그렇게 함으로써 나는 옳은 교훈을
　받았노라,
　　약은 그대에 지친 사람에게 해독을 주는 것을.

119

What potions have I drunk of Siren tears,

Distill'd from limbecks foul as hell within,

Applying fears to hopes, and hopes to fears,

Still losing when I saw myself to win!

What wretched errors hath my heart committed,

Whilst it hath thought itself so blessed never!

How have mine eyes out of their spheres been fitted,

In the distraction of this madding fever!

O benefit of ill! now I find true

That better is, by evil still made better;

And ruin'd love, when it is built anew,

Grows fairer than at first, more strong, far greater.

So I return rebuk'd to my content,

And gain by ill thrice more than I have spent.

아, 나는 요부(妖婦)들의 눈물로 된 독주를 마셨어라!
그녀의 지옥과 같이 더러운 증류기에서 만든 독주를.
희망에는 기우(杞憂)로, 기우에는 희망으로 응하여
내가 얻었다고 생각할 때 언제나 잃었노라.
얼마나 고약한 과오를 범하였던고?
지상(至上)의 행복을 누리고 있다고 생각하는 동안.
얼마나 내 눈망울이 제자리에서 튀어나오려 들었던고?
이 미칠 것 같은 열병의 고뇌 때문에.
그것은 악의 이익, 이제야 나는 깨달았노라,
선한 것은 악에 의하여 더 선한 것이 되는 것을.
또 퇴폐한 사랑을 다시 쌓아 올리면,
처음보다도 더 아름답고 더 강하고 더 크게 되는 것을.
　　　그러므로 나는 비난을 들음으로써 다시 만족을
　　얻어
　　　악에 의하여 내가 잃은 것의 몇 배를 얻었노라.

120

That you were once unkind befriends me now,

And for that sorrow, which I then did feel,

Needs must I under my transgression bow,

Unless my nerves were brass or hammer'd steel.

For if you were by my unkindness shaken,

As I by yours, you've pass'd a hell of time;

And I, a tyrant, have no leisure taken

To weigh how once I suffer'd in your crime.

O! that our night of woe might have remember'd

My deepest sense, how hard true sorrow hits,

And soon to you, as you to me, then tender'd

The humble salve, which wounded bosoms fits!

But that your trespass now becomes a fee;

Mine ransoms yours, and yours must ransom me.

120

그대가 한때 무정했던 것이 내게 화친(和親)을
가져오도다.
　그때 내가 겪었던 그 슬픔에 내 죄를 허리 굽혀
사과하리로다,
　내 힘줄이 황동(黃銅)이나 두드려 만든 강철이 아니라면.
　그대가 나의 무정으로, 고통을 받은 것이
　내가 그대로 해서 괴로워한 것과 같다면
　그대는 지옥과 같은 시간을 보냈으리니.
　그러나 내가 얼마나 큰 고통을 그대의 죄로 인해
겪었던가,
　포악한 나는 그것을 헤아릴 여념도 안 가졌노라.
　아, 불행한 그 밤이, 내 마음으로 하여금
　진정한 비애가 얼마나 심각한 것인지 다시 회상시키기를,
　그리고 그때 나에게 주신 것과 같이
　나도 그대 상한 마음에 맞는 고약을 속히 드리게
하옵기를!
　　그대의 허물은 배상금이 되도다.
　　내 죄는 그대를, 그대 죄는 나를 속죄해야 되리라.

121

'Tis better to be vile than vile esteem'd,

When not to be receives reproach of being;

And the just pleasure lost, which is so deem'd

Not by our feeling, but by others' seeing:

For why should others' false adulterate eyes

Give salutation to my sportive blood?

Or on my frailties why are frailer spies,

Which in their wills count bad what I think good?

No, I am that I am, and they that level

At my abuses reckon up their own:

I may be straight though they themselves be bevel;

By their rank thoughts, my deeds must not be shown;

Unless this general evil they maintain,

All men are bad and in their badness reign.

121

비열하단 말을 듣는 것보단 차라리 비열한 것이 낫도다,
그렇지 않은데도 그렇다고 비방을 받고
나의 감정이 아니요, 다른 사람의 견해로 평가되어
정당한 쾌락을 잃을 경우에는.
왜 음탕한 허위의 눈들이
나의 정열을 아는 체하느뇨?
왜 나보다 저열한 무리들이 나의 약점을 밀탐(密探)하고
내가 선으로 생각하는 것을 신이 나서 악이라 하느뇨?
아니라, 나는 나요, 그들과는 다르거늘,
그들은 그들의 행위로 미뤄 나의 행위를 비방하도다.
그들은 비뚤어졌어도 나는 곧으리니
나의 행위를 그들의 더러운 생각으로 나타내선 안 되리라.
　　그 모든 사람이 다 악하고 악이 지배한다는
　　일반적 악성(惡性)이 주장되지 않는 한.

122

Thy gift, thy tables, are within my brain

Full character'd with lasting memory,

Which shall above that idle rank remain,

Beyond all date; even to eternity:

Or, at the least, so long as brain and heart

Have faculty by nature to subsist;

Till each to raz'd oblivion yield his part

Of thee, thy record never can be miss'd.

That poor retention could not so much hold,

Nor need I tallies thy dear love to score;

Therefore to give them from me was I bold,

To trust those tables that receive thee more:

　　To keep an adjunct to remember thee

　　Were to import forgetfulness in me.

122

그대가 주신 수첩은 지금 내 머릿속에 있나니
잊을 수 없는 것을 빠짐없이 기록하였기에,
헛된 종잇장들 이상으로
모든 시대를 초월하여 영원토록 남으리라.
적어도 뇌와 심장이
자연법칙에 의하여 기능을 계속하는 한
메모 한 장이 그대의 기억을
완전한 망각에 내맡기기 전에는.
그 메모에는 그리 많이 적어 넣을 수도 없고,
내 또한 그대의 사랑을 기록할 나무쪽을 필요치 않노라.
그리하여 나는 겁도 없이 그 수첩을 다 버렸어라,
그대를 더 많이 기록할 내 기억을 믿고.
　　　그대를 기념하는 부속물을 간직함은
　　　내 건망증을 초래하게 하는 것이라.

123

No, Time, thou shalt not boast that I do change:
Thy pyramids built up with newer might
To me are nothing novel, nothing strange;
They are but dressings of a former sight.
Our dates are brief, and therefore we admire
What thou dost foist upon us that is old;
And rather make them born to our desire
Than think that we before have heard them told.
Thy registers and thee I both defy,
Not wondering at the present nor the past,
For thy records and what we see doth lie,
Made more or less by thy continual haste.
　　This I do vow and this shall ever be;
　　I will be true despite thy scythe and thee.

123

세월이여, 내가 변한다고 뽐내지 말라,
새 힘으로 세워졌다는 너의 거대한 건축물들도
내게는 놀라울 것도 신기할 것도 없노라.
옛날 본 것에 새 옷을 입힌 것뿐이라.
인생은 짧다, 그러기에 네가 새것이라고,
속이는 오래된 것을 찬미하고,
그것이 전에 들은 적 있는 것이라고 생각지 아니하고,
오히려 우리 욕망에 맞도록 태어난 것이라 생각하노라.
지금에도 과거에도 경이(驚異)를 느끼지 않고,
너의 기록도 너도 멸시하노라.
너의 부단의 속력으로 크게도 되고 작게도 되어
너의 기록도 현존하는 것도 잘못 보이기에,
  나는 이것을 맹세하나니, 이것은 영원하리라.
  나는 불변하리라, 너와 너의 낫이 예리하지만.

124

If my dear love were but the child of state,

It might for Fortune's bastard be unfather'd,

As subject to Time's love or to Time's hate,

Weeds among weeds, or flowers with flowers gather'd.

No, it was builded far from accident;

It suffers not in smiling pomp, nor falls

Under the blow of thralled discontent,

Whereto th' inviting time our fashion calls:

It fears not policy, that heretic,

Which works on leases of short-number'd hours,

But all alone stands hugely politic,

That it nor grows with heat, nor drowns with showers.

    To this I witness call the fools of time,

      Which die for goodness, who have lived for crime.

124

나의 고귀한 사랑이 단지 좋은 가문의 아이라면,
운명의 사생아로서 아비 없는 자식이라,
세월의 사랑과 미움에 좌우되어
잡초 속에 잡초로, 화초 속에 화초로 수집(收集)되리라.
아니라, 나의 사랑은 우연에서 거리가 먼 곳에
세워졌도다.
우리 시대의 관습에서 오는
웃는 영화에도, 속박에 대한 불만에도
영향을 받지 않노라.
또 나의 사랑은 단기간에 사용되는
이단자인 간책(奸策)도 겁내지 않노라.
그것은 홀로 지혜롭게 초연히 서서
서염(暑炎)에도 자라지 않고 소나기에도 익사하지 않도다.
　　나는 악을 위하여 살고 선을 위하여 죽는
　　세월의 어릿광대들을 불러 이에 대한 증인이 되게
하리라.

125

Were't aught to me I bore the canopy,

With my extern the outward honouring,

Or laid great bases for eternity,

Which proves more short than waste or ruining?

Have I not seen dwellers on form and favour

Lose all and more by paying too much rent

For compound sweet; forgoing simple savour,

Pitiful thrivers, in their gazing spent?

No; let me be obsequious in thy heart,

And take thou my oblation, poor but free,

Which is not mix'd with seconds, knows no art,

But mutual render, only me for thee.

    Hence, thou suborned informer! a true soul

    When most impeach'd, stands least in thy control.

125

양산을 받쳐 드는 것이 내게 무슨 상관이 있느뇨?
겉으로 경의를 표한 데 지나지 않는 것을.
또는 불멸토록 큰 초석을 놓은 게 내게 무슨 상관
있느뇨?
늘 보는 쇠퇴보다 더 빨리 무너지는 것을.
나는 외양에 의존하는 자들의
너무 많은 대가를 전부 잃고 더욱 잃는 것을 보지
않았더뇨?
소박한 것을 버리고 복잡한 치레를 위하여
번영하는 자들은 가련하게도 보는 데만 힘을 낭비하나니.
나는 아니라, 그대의 가슴에만 정성을 바치리,
초라하나 자유롭고 최상과만 섞이며 기교를 모르는
나의 헌납을 받으시라,
다만 그대를 위하여서라는 상호 간의 희생만을 아는.
　　물러가라, 너 위증하는 고발자여! 진실한 영혼은
　　가장 비난을 받을 때도 너로 인해 조금도 속박됨
없나니라.

126

O thou, my lovely boy, who in thy power

Dost hold Time's fickle glass, his fickle hour;

Who hast by waning grown, and therein show'st

Thy lovers withering, as thy sweet self grow'st.

If Nature, sovereign mistress over wrack,

As thou goest onwards, still will pluck thee back,

She keeps thee to this purpose, that her skill

May time disgrace and wretched minutes kill.

Yet fear her, O thou minion of her pleasure!

She may detain, but not still keep, her treasure:

Her audit (though delayed) answered must be,

And her quietus is to render thee.

---

* 이 소네트는 12행으로, 여섯 개의 연구(couplet)로 되어 있다.

126

아, 고운 소년이여, 그대는 시간의 낫과
세월의 변하기 쉬운 거울을 그대의 손아귀 안에 넣고,
기울어짐에 따라 점점 원숙하게 되고
시들어 가는 그대 애인들에게 그대 원숙해진 고운 자태
보이도다.
쇠퇴를 다스리는 여왕인 자연이
그대가 전진함에 따라 그대를 뒤로 잡아당겨
그대를 보류시킴은
세월을 멸시하고 가련한 시간을 죽이려 함이라.
그러나 자연을 무서워하라, 그의 마음에 든 총아인
그대여,
그가 한때 보배를 지닐지 모르나 길이 간직하는 건
아니라.
　　자연의 청산은 늦는다 해도 이행될 것이며
　　그의 결산(決算)은 그대를 양도하리라.

127 *

In the old age black was not counted fair,

Or if it were, it bore not beauty's name;

But now is black beauty's successive heir,

And beauty slander'd with a bastard shame:

For since each hand hath put on Nature's power,

Fairing the foul with Art's false borrowed face,

Sweet beauty hath no name, no holy bower,

But is profan'd, if not lives in disgrace.

Therefore my mistress' eyes are raven black,

Her eyes so suited, and they mourners seem

At such who, not born fair, no beauty lack,

Sland'ring creation with a false esteem:

 Yet so they mourn becoming of their woe,

 That every tongue says beauty should look so.

---

* 이 소네트로부터 소네트 152번까지가 '검은 살갗의 여인'에 대한 것들이다.

127

옛날에는 검은빛을 아름답게 여기지 않았어라,
아름답다 하더라도 미라고는 일컫지 않았어라.
그런데 지금은 검은빛이 미의 상속자이며,
서자(庶子)라는 부끄러운 이름을 갖도다.
왜인가 하면 누구나 인공으로 자연의 힘을 가장하여
위조한 얼굴로 추를 미로 보이게 한 이래,
아름다운 미는 명예도 없고 신성한 거처도 없고,
모욕은 아니라도 모독을 당하도다.
그래서 내 여인의 눈은 까마귀같이 검고, 애수에 잘
어울리어라.
그 눈은 애도하는 것같이 보이도다.
미인으로 태어나지 않은 사람이 허위의 평가로
자연의 창조를 중상(中傷)하여 미인이 되는 것을.
그러나 그 애도하는 양 비애에 어울려
미인은 그렇게 보여야 된다고들 하더라.

128

How oft when thou, my music, music play'st,
Upon that blessed wood whose motion sounds
With thy sweet fingers when thou gently sway'st
The wiry concord that mine ear confounds,
Do I envy those jacks that nimble leap,
To kiss the tender inward of thy hand,
Whilst my poor lips which should that harvest reap,
At the wood's boldness by thee blushing stand!
To be so tickled, they would change their state
And situation with those dancing chips,
O'er whom thy fingers walk with gentle gait,
Making dead wood more bless'd than living lips.
    Since saucy jacks so happy are in this,
      Give them thy fingers, me thy lips to kiss.

내 음악인 그대가 고운 손가락으로
축복받은 건반을 두드릴 때,
나의 귀를 현혹하게 하는 금속성 협화음을
그대가 곱게 일으킬 때,
부드러운 그대 손바닥에 입 맞추려 빨리 뛰는 건(鍵)들을
내 얼마나 자주 부러워하리요!
그런 수확을 거둬야 할 내 가련한 입술은
그 목건(木鍵)들의 용기 앞에 얼굴을 붉히며 있을 때,
그렇게 건드려진다면 나의 입술은
그 춤추는 나무쪽과 처지도 위치도 바꾸고 싶어 하리라.
그 몸 위로 그대의 손가락이 곱게 걸어가느니
죽은 나무쪽은 산 입술보다 복되리라.
　　건방진 목건들은 이리도 행복하오니
　　그들에겐 손가락을, 나에겐 키스할 입술을 주시라.

129

The expense of spirit in a waste of shame

Is lust in action: and till action, lust

Is perjur'd, murderous, bloody, full of blame,

Savage, extreme, rude, cruel, not to trust;

Enjoy'd no sooner but despised straight;

Past reason hunted; and no sooner had,

Past reason hated, as a swallow'd bait,

On purpose laid to make the taker mad:

Mad in pursuit and in possession so;

Had, having, and in quest, to have extreme;

A bliss in proof, — and prov'd, a very woe;

Before, a joy propos'd; behind a dream.

All this the world well knows; yet none knows well

To shun the heaven that leads men to this hell.

음욕을 행하는 것은 수치스러운 낭비에 의한 정신의
소모라
행하기 전까지도 음욕은
위증이요, 살인이요, 잔인이요, 오욕이라,
야만이요, 과격이요, 조야요, 잔학이요, 불신이라.
향락이 끝나면 곧 경멸이요
이성을 지나쳐 추구하고 그것을 얻자마자
이성을 지나쳐 미워하도다,
마치 삼킨 자에게 고통 주려고 고의로 놓인 미끼를
미워하듯.
추구하는 동안도 광증이며, 얻은 뒤도 광증이라.
행한 뒤도, 행하고 있는 것도, 행하려는 그것도 다
극단이라.
경험 중에는 축복이요, 경험 뒤에는 비애라.
그전에는 환희요, 그 후에는 악몽이라.
이 모든 것을 세상은 알지만 잘 아는 이 없어라,
지옥으로 사람을 이끄는 그 천국*을 피할 줄은.

---

* 육체의 환락경(歡樂境)을 말한다.

130

My mistress' eyes are nothing like the sun;

Coral is far more red, than her lips red:

If snow be white, why then her breasts are dun;

If hairs be wires, black wires grow on her head.

I have seen roses damask'd, red and white,

But no such roses see I in her cheeks;

And in some perfumes is there more delight

Than in the breath that from my mistress reeks.

I love to hear her speak, yet well I know

That music hath a far more pleasing sound:

I grant I never saw a goddess go, ——

My mistress, when she walks, treads on the ground:

    And yet by heaven, I think my love as rare,

    As any she belied with false compare.

130

내 애인의 눈은 조금도 태양 같지 않아라.
산호는 그의 입술이 빨간 것보다 더 빨갛고,
눈이 희다면 그 가슴은 검은 편이,
머리털이 금줄이라면 그녀의 머리털은 검은 실줄이라.
나는 붉고도 흰 장미를 보았지만,
그녀의 뺨에서는 그런 장미를 볼 수 없어라,
어떤 향수에는 그녀의 입김보다도
더 좋은 냄새가 있어라.
그 음성을 내 사랑하지만
음악만은 못한 것을 아노라.
여신이 걷는 것을 나는 못 보았거니
나의 여신은 언제나 땅을 밟도다.
　　　그러나 단정코 나의 애인은
　　　거짓을 견주어 보는 누구보다 진귀하여라.

131

Thou art as tyrannous, so as thou art,

As those whose beauties proudly make them cruel;

For well thou know'st to my dear doting heart

Thou art the fairest and most precious jewel.

Yet, in good faith, some say that thee behold,

Thy face hath not the power to make love groan;

To say they err I dare not be so bold,

Although I swear it to myself alone.

And to be sure that is not false I swear,

A thousand groans, but thinking on thy face,

One on another's neck, do witness bear

Thy black is fairest in my judgment's place.

　　In nothing art thou black save in thy deeds,

　　And thence this slander, as I think, proceeds.

131

아름답지 않으면서도 그대 횡포한 것은
미묘가 뽐내며 잔인하게 만든 다른 여인들과 같다
하리라.
그대는 열렬히 사랑하는 나에게 자기가
가장 아름답고 귀한 보석임을 잘 알기에.
그러나 당신을 본 사람들은 성실하게 말하도다,
당신의 얼굴에는 애인을 고민하게 할 힘은 없다고.
나는 그들이 틀렸다고 말하지 아니하나
마음속에서는 혼자 맹세를 하노라.
내가 맹세한 바가 거짓이 아니란 증거로는
그대의 얼굴을 생각만 해도 천이나 되던 신음이, 그리고
연달아 신음이 증인이 되도다,
그대의 까만 빛깔이 내 판단으로는 가장 아름답다고.
    아, 그대는 행실 이외는 아무 데도 검지 않아라.
    밉다는 이 중상은 내 생각건대 행실 때문이라.

132

Thine eyes I love, and they, as pitying me,

Knowing thy heart torment me with disdain,

Have put on black and loving mourners be,

Looking with pretty ruth upon my pain.

And truly not the morning sun of heaven

Better becomes the grey cheeks of the east,

Nor that full star that ushers in the even,

Doth half that glory to the sober west,

As those two mourning eyes become thy face:

O! let it then as well beseem thy heart

To mourn for me since mourning doth thee grace,

And suit thy pity like in every part.

    Then will I swear beauty herself is black,

    And all they foul that thy complexion lack.

내가 사랑하는 그대의 두 눈은 나를 불쌍히 여기도다,
그대의 마음이 나를 낮추보고 괴롭게 하는 줄 알기에.
언제나 까만 것을 입고 인정 있는 애도자가 되도다,
나의 애통을 측은히 여기듯 내려다보면서.
진실로 하늘의 아침 해도
동녘의 회색 뺨에 더 어울리지 않고
저녁을 맞이하는 밝은 별도
엄숙한 서천(西天)에 그 광영의 반도 주지 못하도다,
그대의 두 눈이 그대의 얼굴에 알맞은 데 비한다면.
아! 그러면 그대의 마음도 나를 위해 울어 어울리게 하라.
우는 것은 그대를 우아하게 하나니
몸의 각 부분에 동정의 빛을 띠고.
　　　그때 나는 맹세하리라, 미의 본질은 까만빛이라고.
　　　그리고 그대의 빛깔이 아닌 것은 다 추(醜)라고.

133

Beshrew that heart that makes my heart to groan

For that deep wound it gives my friend and me!

Is't not enough to torture me alone,

But slave to slavery my sweet'st friend must be?

Me from myself thy cruel eye hath taken,

And my next self thou harder hast engross'd:

Of him, myself, and thee I am forsaken;

A torment thrice three-fold thus to be cross'd:

Prison my heart in thy steel bosom's ward,

But then my friend's heart let my poor heart bail;

Whoe'er keeps me, let my heart be his guard;

Thou canst not then use rigour in my jail:

    And yet thou wilt; for I, being pent in thee,

    Perforce am thine, and all that is in me.

133

나의 벗과 나에게 준 깊은 상처로 하여
나의 마음을 고민케 하는 그 마음 미워라!
나를 괴롭히는 것뿐으론 부족하여서
나의 고운 벗도 노예로 만들어야 하느뇨?
잔인한 당신의 눈은 나를 내 몸으로부터 뺏았거늘
또 제2의 나를 더 강하게 사로잡았도다.
나는 그에게도 나 자신에게도 그대에게도 버림받고,
세 번 세 배로 고통을 받게 되리로다.
나의 마음을 그대의 강철 같은 가슴에 집어넣더라도,
나의 벗의 마음은 나의 가련한 마음을 담보로 보석하라.
누가 나를 지키더라도 나의 마음은 그를 보호하리라.
그대는 감방에서 나에게 가혹하지 못하리라.
　　　그러나 가혹하리라, 내 그대 속에 갇혔기에
　　　나와 내게 있는 모든 것이 다 마음대로 되리니.

134

So, now I have confess'd that he is thine,
And I my self am mortgag'd to thy will,
Myself I'll forfeit, so that other mine
Thou wilt restore to be my comfort still:
But thou wilt not, nor he will not be free,
For thou art covetous, and he is kind;
He learn'd but surety-like to write for me,
Under that bond that him as fast doth bind.
The statute of thy beauty thou wilt take,
Thou usurer, that putt'st forth all to use,
And sue a friend came debtor for my sake;
So him I lose through my unkind abuse.

    Him have I lost; thou hast both him and me:
    He pays the whole, and yet am I not free.

134

이렇게 나는 그가 당신 것이고,
나 자신도 당신의 뜻대로 되는 저당물이라 고백한 지금,
나는 나 자신을 몰수당하리라, 그래도 위안이 되게
제2의 나를 그대가 돌려준다면.
하나 당신은 그리 아니할 거요,
그도 자유가 되지 못할 것이라,
그대는 탐욕이 많고, 그는 마음이 곱기 때문이라.
그는 나를 위하여 보증인이 된 줄만 알았는데
그 증서로 그대는 그를 속박했어라.
그를 그대의 아름다운 담보로써 취득하려 하는
아! 그대는 고리대금업자, 모든 것에 이자 붙이고,
나를 위하여 채무자가 된 그를 고소하도다.
이리하여 나 그를 잃었노라, 나 당신에게 받은 학대로.
　　나는 그를 잃고 당신은 그와 나 둘 다 얻었어라.
　　그는 금액을 지불했지만 나는 자유롭지 않아라.

135

Whoever hath her wish, thou hast thy 'Will,'
And 'Will' to boot, and 'Will' in over-plus;
More than enough am I that vex'd thee still,
To thy sweet will making addition thus.
Wilt thou, whose will is large and spacious,
Not once vouchsafe to hide my will in thine?
Shall will in others seem right gracious,
And in my will no fair acceptance shine?
The sea, all water, yet receives rain still,
And in abundance addeth to his store;
So thou, being rich in 'Will,' add to thy 'Will'
One will of mine, to make thy large will more.
    Let no unkind 'No' fair beseechers kill;
    Think all but one, and me in that one 'Will.'

135

　소원 성취하는 여인이 있다면 그대는 '윌'*을
구현시켰도다.
　그 위에 또 '윌'을, 또 여분(餘分)의 '윌'을 얻고.
　이렇게 그대의 정다운 '윌'에 가입하여
　그대를 괴롭히는 나는 가외의 존재라.
　크고도 넓은 윌을 가진 그대이라
　나의 '윌'을 그대의 '윌' 속에 감춰 주길 마다
아니하리로다.
　다른 사람의 '윌'은 바로 우아하게 보이는데
　내 '윌'에는 왜 응낙의 빛을 주시지 않느뇨?
　바다는 다 물인데도 비를 받아들여
　많은 분량을 그 저장 속에 넣어두도다.
　'윌'이 많은 그대여, 그대의 '윌'을 더 크게 하라,
　나의 '윌'을 하나 더 받아들여.
　'안 된다'고 박절히 거절하여 정당한 탄원자를 죽이지
마라,
　모든 것을 하나로 생각하라, 나도 그 하나의 '윌' 속에.

---

* 여기에서 윌(Will)은 의지(意志), 욕망(慾望)과 같은 뜻 이외에 윌리엄
셰익스피어(William Shakespeare)와 윌리엄 허버트(William Herbert)를
가리킨다고 한다.

136

If thy soul check thee that I come so near,
Swear to thy blind soul that I was thy 'Will',
And will, thy soul knows, is admitted there;
Thus far for love, my love-suit, sweet, fulfil.
'Will', will fulfil the treasure of thy love,
Ay, fill it full with wills, and my will one.
In things of great receipt with ease we prove
Among a number one is reckon'd none:
Then in the number let me pass untold,
Though in thy store's account I one must be;
For nothing hold me, so it please thee hold
That nothing me, a something sweet to thee:
 Make but my name thy love, and love that still,
 And then thou lov'st me for my name is 'Will.'

그대의 영혼이 그대로 하여금 내가 접근하는 것을
금한다면
그대의 눈먼 영혼에게, 내가 그대의 '윌'이었다고
단언하라.
'윌'이 그곳에 들어갈 수 있음을 영혼은 알리라.
이렇게 사랑을 위한 나의 원을 채워달라.
그대의 사랑의 보고(寶庫)는 '윌'로써 충만되리라.
많은 '윌'로써 채우되 나도 그 하나가 되게 하라.
용량이 큰 사물 속에선 쉽사리
다수 속에서 하나는 무(無)와 같음이 증명되리로다.
그러므로 수(數) 속에 세지 않아도 되도다,
재산 목록 속에서는 나는 하나가 되어야지만.
아무것도 아니라고 생각하시더라도
그대에게 사랑스러운 것이라 여기시라.
        나의 이름만이라도 사랑하고 언제나 사랑하라,
        그러면 그것이 나를 사랑하는 것, 나의 이름
    '윌'이오니.

137

Thou blind fool, Love, what dost thou to mine eyes,

That they behold, and see not what they see?

They know what beauty is, see where it lies,

Yet what the best is take the worst to be.

If eyes, corrupt by over-partial looks,

Be anchor'd in the bay where all men ride,

Why of eyes' falsehood hast thou forged hooks,

Whereto the judgment of my heart is tied?

Why should my heart think that a several plot,

Which my heart knows the wide world's common place?

Or mine eyes, seeing this, say this is not,

To put fair truth upon so foul a face?

    In things right true my heart and eyes have err'd,

    And to this false plague are they now transferr'd.

137

너 눈먼 바보 사랑이여, 내 눈을 어떻게 했기에
내 눈은 보면서도 바로 보지 못하는고?
미가 무엇인지를, 또 그것이 어디 있는지를 알면서도,
최악을 최선으로 생각하노라.
내 눈이 한편으로 치우치게 현혹되어
모든 사람이 들어오는 항만에 정박했더니,
너는 어찌하여 눈의 허위인 낚시를 만들어
감히 나의 판단을 구속하려 드느뇨?
온 세상의 공동 광장으로 알고 있는 그곳을,
왜 사유지라고 내 마음은 생각해야만 하는고?
왜 또 나의 눈은 이것을 보면서 그렇지 않다고 하느뇨?
그 추한 얼굴에 참된 아름다움을 주려고.
　　진정한 사물을 마음과 눈이 잘못 보았느니,
　　그리하여 허위라는 병에 마음과 눈이
이양(移讓)됐노라.

138

When my love swears that she is made of truth,
I do believe her though I know she lies,
That she might think me some untutor'd youth,
Unlearned in the world's false subtleties.
Thus vainly thinking that she thinks me young,
Although she knows my days are past the best,
Simply I credit her false-speaking tongue:
On both sides thus is simple truth suppressed:
But wherefore says she not she is unjust?
And wherefore say not I that I am old?
O! love's best habit is in seeming trust,
And age in love, loves not to have years told:
    Therefore I lie with her, and she with me,
    And in our faults by lies we flatter'd be.

내 애인이 자기는 진실의 화신이라고 말할 때
거짓말하는 줄 알면서도 나는 믿노라,
이 세상의 기교 있는 거짓을 모르는 어수룩한 젊은이로
그녀가 나를 생각하게 하도록.
내 한창 시절이 지났음을 그녀가 알고 있는데도,
그녀가 나를 젊게 여긴다고 헛된 생각을 하면서
나는 바보인 양 그녀의 거짓말을 믿노라.
이리하여 양편의 솔직한 진실은 억압되었어라.
왜 그녀는 거짓이란 말을 아니 하는고?
그리고 왜 나는 늙었다고 말하지 않는고?
아, 사랑의 최상의 습관은 믿는 체하는 데 있고,
사랑하는 연장자는 나이를 말하기 싫어하는 법이라.
　　그러므로 나는 그녀 속이고 그녀는 나 속이고,
　　거짓말로 허물을 감추노라.

139

O! call not me to justify the wrong
That thy unkindness lays upon my heart;
Wound me not with thine eye, but with thy tongue:
Use power with power, and slay me not by art,
Tell me thou lov'st elsewhere; but in my sight,
Dear heart, forbear to glance thine eye aside:
What need'st thou wound with cunning, when thy might
Is more than my o'erpress'd defence can bide?
Let me excuse thee: ah! my love well knows
Her pretty looks have been mine enemies;
And therefore from my face she turns my foes,
That they elsewhere might dart their injuries:
  Yet do not so; but since I am near slain,
  Kill me outright with looks, and rid my pain.

아! 그대의 무정이 나의 가슴에 해를 끼치면서
정당하려고 하지 마라,
그대의 눈으로 상처 주지 말고 그대 혀로 상처를 입히라.
힘으로 위력을 보일 것이지, 간책(奸策)으로 나를 죽이지
마라.
다른 데에 애인이 있다고 말하라. 그러나 내 앞에서는
아! 사랑하는 이여, 곁눈질하지 마라.
무슨 필요 있기에 간계(奸計)로써 나를 상하게 하는고?
그대의 매력은 내 억압된 저항력이 감당치 못하는 것을?
나는 그대를 위하여 변명하리라. 아! 나의 사랑은
그녀의 아름다운 시선이 나의 적인 것을 아노라.
그러므로 그 적을 내 얼굴에서 돌리도다,
딴 사람에게 상처를 주려고.
　　　그러나 그리하지 마라, 나는 거의 살해되었나니
　　　그 시선으로 나를 곧 죽여 고통을 면하게 하라.

140

Be wise as thou art cruel; do not press
My tongue-tied patience with too much disdain;
Lest sorrow lend me words, and words express
The manner of my pity-wanting pain.
If I might teach thee wit, better it were,
Though not to love, yet, love to tell me so; —
As testy sick men, when their deaths be near,
No news but health from their physicians know; —
For, if I should despair, I should grow mad,
And in my madness might speak ill of thee;
Now this ill-wresting world is grown so bad,
Mad slanderers by mad ears believed be.
    That I may not be so, nor thou belied,
      Bear thine eyes straight, though thy proud heart go wide.

140

잔인한 것같이 현명해 달라.
너무나 지나친 경멸로 말 없는 참을성을 누르지 마라.
그러면 슬픔이 나에게 말을 제공하고,
말이 동정 못 받는 내 고통을 표현하리라.
내 당신에게 지혜를 가르친다면
사랑하지 않아도 나를 사랑한다고 그렇게 말하는 게
좋으리라.
마치 초조한 환자가 죽음이 가까웠을 때
회복이라는 말을 의사에게서 듣고 싶어 하는 것과 같이.
만약에 내가 절망한다면 나는 미치리라,
미친다면 그대를 악평하리라.
곡해(曲解)를 좋아하는 세상은 지금 악화되어
미친 비방자의 말을 미친 귀들로 믿는도다.
　　　내 미치지 않고 그대 곡해받지 않도록
　　　시선을 바로 하라, 그대의 교만한 마음 딴 곳에
　　있더라도.

141

In faith I do not love thee with mine eyes,

For they in thee a thousand errors note;

But 'tis my heart that loves what they despise,

Who, in despite of view, is pleased to dote.

Nor are mine ears with thy tongue's tune delighted;

Nor tender feeling, to base touches prone,

Nor taste, nor smell, desire to be invited

To any sensual feast with thee alone:

But my five wits nor my five senses can

Dissuade one foolish heart from serving thee,

Who leaves unsway'd the likeness of a man,

Thy proud heart's slave and vassal wretch to be:

    Only my plague thus far I count my gain,

    That she that makes me sin awards me pain.

141

진실로 나는 눈으로는 그대를 사랑하지 않노라.
눈은 그대에게서 천(千)의 허물을 보기 때문이라.
그러나 눈이 멸시하는 것을 시각엔 상관없이
나의 마음은 매혹된 듯이 사랑하도다.
나의 귀도, 그대 하는 말을 즐기지 않도다.
섬세한 촉감은 저열한 자극에 기울어지지 않고
미각도 후각도 그대와 같이
어떤 육(肉)의 향연에도 초대받으려 하지 않노라.
그러나 나의 지력(知力)도, 나의 오감(五感)도
어리석은 마음이, 그대 섬기는 것을 막지 못하도다.
나의 마음은 나를 제어하지 못하고 허수아비로 두고
가도다,
거만한 마음의 노예, 비천한 시종이 되려고.
　　오직 나의 이런 고통만을 이익으로 여기노라,
　　나에게 죄를 짓게 한 그녀가 주는
　　고행(苦行)이기에.

142

Love is my sin, and thy dear virtue hate,

Hate of my sin, grounded on sinful loving:

O! but with mine compare thou thine own state,

And thou shalt find it merits not reproving;

Or, if it do, not from those lips of thine,

That have profan'd their scarlet ornaments

And seal'd false bonds of love as oft as mine,

Robb'd others' beds' revenues of their rents.

Be it lawful I love thee, as thou lov'st those

Whom thine eyes woo as mine importune thee:

Root pity in thy heart, that, when it grows,

Thy pity may deserve to pitied be.

　　If thou dost seek to have what thou dost hide,

　　By self-example mayst thou be denied!

사랑하는 것은 나의 죄요, 싫어하는 것은 그대의 덕이라,
내 죄를 그대 싫어함은 죄 많은 사랑 때문이라.
아! 그러나 내 처지를 그대 처지와 비교하여 보라,
그러면 나를 책망하지 않는 것이 옳다고 생각하리라.
혹시 책망을 받는다면 그대의 입술로는 하지 마라,
그들의 빨간 화장을 모독하며
나의 입술같이 자주 사랑의 허위 계약에 도장을 찍고
다른 사람의 침대 수입을 가로챈 입술로써는.
내 그대 사랑하는 것도 정당시하라, 그대 그들을 사랑함과
같이.
내 눈이 그대에게 애원하듯 그대 눈이 그들을
유혹하나니.
그대 가슴에 연민을 심으라, 그것이 자라면
그대의 연민은 연민을 받게 되리라.
　　　그대가 감춘 것을 찾으려면,
　　　자신이 본보기로 거절 당할지로다.

143

Lo, as a careful housewife runs to catch
One of her feather'd creatures broke away,
Sets down her babe, and makes all swift dispatch
In pursuit of the thing she would have stay;
Whilst her neglected child holds her in chase,
Cries to catch her whose busy care is bent
To follow that which flies before her face,
Not prizing her poor infant's discontent;
So runn'st thou after that which flies from thee,
Whilst I thy babe chase thee afar behind;
But if thou catch thy hope, turn back to me,
And play the mother's part, kiss me, be kind;
    So will I pray that thou mayst have thy 'Will,'
    If thou turn back and my loud crying still.

143

기르던 날짐승이 달아나는 것을 붙잡으려
찬찬한 주부(主婦)가 달음질칠 때
아기를 내려놓고 재빨리
주부는 달아나는 것을 쫓도다.
떼어 놓은 아기가 엄마를 붙들려고 울어도,
자기 앞에 달아나는 새에게만 엄마는 바쁜 마음을
뺏기도다,
불쌍한 아기가 보채는 것은 내버려 두고.
이렇게 그대는 달아나는 것을 쫓아가도다,
나는 그대의 아기요, 떨어져 그대의 뒤를 따라가는데.
그러나 그대여, 그대의 희망을 잡거든 다시 돌아와
엄마같이 키스를 하고 귀여워해 달라.
　　그렇다, 나는 그대가 그대의 '윌'*을 얻기를
　바라노라,
　　그대가 돌아와서 우는 나를 달래 준다면.

---

* '윌'은 시인이 아닌 다른 윌리엄(William)을 가리키는 고유명사이나
욕망(欲望)이라는 뜻도 들어 있다고 볼 수 있다.

144

Two loves I have of comfort and despair,
Which like two spirits do suggest me still:
The better angel is a man right fair,
The worser spirit a woman colour'd ill.
To win me soon to hell, my female evil,
Tempteth my better angel from my side,
And would corrupt my saint to be a devil,
Wooing his purity with her foul pride.
And whether that my angel be turn'd fiend,
Suspect I may, yet not directly tell;
But being both from me, both to each friend,
I guess one angel in another's hell:
    Yet this shall I ne'er know, but live in doubt,
    Till my bad angel fire my good one out.

144

내게 두 애인 있노라, 하나는 위안이요, 하나는 절망이라,
그들은 두 요정인 양 항시 나를 유혹하도다.
천사는 수려한 남자요
악마는 살갗이 검은 여자라.
이 마녀는 나를 속히 지옥으로 데려가려고
나의 천사를 유혹하여 내 곁을 떠나게 하고,
내 성자(聖者)를 악마로 타락시키려 하노라,
그의 순결을 그녀의 더러운 교만으로 꾀어서.
내 천사 악마가 되었는지 의심할 뿐
명백히 말할 수는 없어라.
둘이서 정답게 내 곁을 떠났기에
하나가 다른 것의 지옥에 빠졌으리라.
　　잘은 알지 못하고 의심 속에 살고 있노라,
　　악마가 천사를 추방할 때까지.

145 *

Those lips that Love's own hand did make,
Breathed forth the sound that said 'I hate',
To me that languish'd for her sake:
But when she saw my woeful state,
Straight in her heart did mercy come,
Chiding that tongue that ever sweet
Was us'd in giving gentle doom;
And taught it thus anew to greet;
'I hate' she alter'd with an end,
That followed it as gentle day,
Doth follow night, who like a fiend
From heaven to hell is flown away.
　　'I hate', from hate away she threw,
　　And sav'd my life, saying 'not you'.

---

* 매 행이 8음절로 되어 있는 이 소네트는 셰익스피어의 작(作)이
아니라고도 한다.

145

사랑이 손수 만든 입술은
'나는 싫어'라고 소리를 냈어라,
그녀를 사모하여 고민하는 나에게.
그러나 그 말에 내가 비통해 하는 것을 보고는
곧 자비심을 일으켜
언제나 온화한 선언에만 사용되는
고운 혀를 나무라고
새로 나에게 인사할 것을 가르치노라.
'나는 싫어'의 끝을 고쳤으며,
끝말은 그 말에 뒤를 잇도다.
화창한 낮이 밤을 따르듯이
그 밤이 악마와 같이 하늘에서 스러져.
　　'나는 싫어' 뒤에 '그대는 아니고'라는 말을 놓아
　　'나는 싫어'를 던져 버리고 나의 목숨을 살렸어라.

146

Poor soul, the centre of my sinful earth,

My sinful earth these rebel powers array,

Why dost thou pine within and suffer dearth,

Painting thy outward walls so costly gay?

Why so large cost, having so short a lease,

Dost thou upon thy fading mansion spend?

Shall worms, inheritors of this excess,

Eat up thy charge? Is this thy body's end?

Then soul, live thou upon thy servant's loss,

And let that pine to aggravate thy store;

Buy terms divine in selling hours of dross;

Within be fed, without be rich no more:

    So shall thou feed on Death, that feeds on men,

    And Death once dead, there's no more dying then.

146

이 죄 많은 흙덩이의 중심이며,
너를 싸고 있는 이 육체의 반란을 겪는, 아, 가련한
영혼이여,
왜 너는 안에서는 번민과 결핍을 맛보면서
바깥벽은 그렇게 화려하게 칠하느뇨?
빌린 기한이 짧고 스러져 가는 저택에
왜 그렇게 큰 비용을 쓰느뇨?
이렇게 사치스러운 육신의 상속자인 벌레들에게
그 전체 비용을 먹게 하려느뇨?
이것이 네 육신의 종말이뇨?
그렇다면 영혼이여, 네 노복인 육신이 손해 보게 하고
네가 살라.
노복으로 하여금 너의 양식을 증산하느라고 애쓰게 하라.
더러운 시간을 팔아서 신성한 기한을 사라,
속은 살찌게 하고 겉은 더 부유하지 못하게 하라.
　　그리하여 너는 사람을 먹는 죽음을 먹고 살라.
　　죽음이 한 번 죽으면 죽는 자들 다시 없으리라.

147

My love is as a fever longing still,

For that which longer nurseth the disease;

Feeding on that which doth preserve the ill,

The uncertain sickly appetite to please.

My reason, the physician to my love,

Angry that his prescriptions are not kept,

Hath left me, and I desperate now approve

Desire is death, which physic did except.

Past cure I am, now Reason is past care,

And frantic-mad with evermore unrest;

My thoughts and my discourse as madmen's are,

At random from the truth vainly express'd;

    For I have sworn thee fair, and thought thee bright,

    Who art as black as hell, as dark as night.

나의 사랑은 열병 같도다,
병은 그것을 더 오래가게 하는 것을 동경하며,
병은 그것을 더 길게 끌고 갈 것을 먹는도다,
입맛을 잃은 미각을 즐겁게 하기 위하여.
나의 병을 고쳐야 할 의사인 이성(理性)은
약방문대로 하지 않는다고 성을 내며 나를 떠나고
나는 절망 끝에 알게 되었노라,
치료를 아니 받는 열병은 곧 죽음인 것을.
고치기엔 늦었고, 이성은 이미 가 버렸도다,
끝없는 불안으로 광증에 빠져
나의 생각이나 말이나 다 미친 사람같이
대중할 수 없고 허황되도다.
　아름답다 선언하고 찬란하다 생각하노라,
　지옥같이 검고 밤같이 어두운 그대를.

148

O me! what eyes hath Love put in my head,

Which have no correspondence with true sight;

Or, if they have, where is my judgment fled,

That censures falsely what they see aright?

If that be fair whereon my false eyes dote,

What means the world to say it is not so?

If it be not, then love doth well denote

Love's eye is not so true as all men's: no,

How can it? O! how can Love's eye be true,

That is so vexed with watching and with tears?

No marvel then, though I mistake my view;

The sun itself sees not, till heaven clears.

    O cunning Love! with tears thou keep'st me blind,

    Lest eyes well-seeing thy foul faults should find.

148

아! 사랑은 나의 머리에 어떤 눈을 달아 놓기에
정확한 시각과 일치하지 않느뇨?
만약 일치한다면, 내 판단력은 어디로 갔느뇨?
바르게 본 것을 그릇 판단하다니?
부정확한 내 눈이 그토록 사랑하는 것이 정말
아름답다면,
세상이 그것을 아름답지 않다고 함은 어인 일이뇨?
아름답지 않다면 사랑은 증명하리라,
사랑하는 눈은 다른 눈처럼 진실치 않다고.
어찌 그럴 수 있으리, 아! 어이 사랑의 눈이 진실하리요.
감시와 눈물로 괴롭혀진 눈이.
내가 잘못 보는 것은 이상할 것 없도다.
하늘이 맑아져야 태양도 비칠 수 있어라.
    아, 교활한 사랑아! 눈물이 내 눈을 보이지 않게
    하도다,
    잘 보이면 그대의 나쁜 결점을 찾아낼까 봐.

149

Canst thou, O cruel! say I love thee not,

When I against myself with thee partake?

Do I not think on thee, when I forgot

Am of my self, all tyrant, for thy sake?

Who hateth thee that I do call my friend,

On whom frown'st thou that I do fawn upon,

Nay, if thou lour'st on me, do I not spend

Revenge upon myself with present moan?

What merit do I in my self respect,

That is so proud thy service to despise,

When all my best doth worship thy defect,

Commanded by the motion of thine eyes?

But, love, hate on, for now I know thy mind;

Those that can see thou lov'st, and I am blind.

아, 가혹한 그대여! 내가 그대 사랑하지 않는다 말할 수
있느뇨?
내가 그대 편들어 자신을 적으로 하는데.
내가 그대를 생각하지 않느뇨?
그대를 위하여 폭군이 되어 나 자신도 잊었거늘.
그대를 미워하는 자를 벗이라 부른 일이 있느뇨?
그대에게 찡그리는 자에게 아첨한 일이 있느뇨?
그대 나를 보고 찌푸리시면 나는 곧
신음을 하면서 나 자신에게 분풀이하려 하지 않느뇨?
교만하여 그대를 섬기는 것을 천히 여기도록
내 어떤 큰 덕을 중히 여기느뇨?
그대의 눈이 움직이는 대로 명(命)을 받들어
나의 모든 장점이 그대의 단점을 찬미하는데.
　　　하나 더 미워해도 좋도다, 내 이제 그대의 마음
　　알았나니.
　　　그대는 볼 수 있는 자들을 사랑하는데, 나는
　　장님이어라.

150

O! from what power hast thou this powerful might,

With insufficiency my heart to sway?

To make me give the lie to my true sight,

And swear that brightness doth not grace the day?

Whence hast thou this becoming of things ill,

That in the very refuse of thy deeds

There is such strength and warrantise of skill,

That, in my mind, thy worst all best exceeds?

Who taught thee how to make me love thee more,

The more I hear and see just cause of hate?

O! though I love what others do abhor,

With others thou shouldst not abhor my state:

    If thy unworthiness rais'd love in me,

    More worthy I to be belov'd of thee.

아! 부족함을 가지고 내 마음을 휘저어 놓는,
이 굳센 힘을 어느 힘에서 얻었느뇨?
나의 참된 시각(視覺)을 믿지 않게 하고,
태양도 밝지 않다고 맹세하게 하는 그 힘을.
어떻게 그대는 추한 것을 보기 좋게 할 수 있느뇨?
그대의 행위의 잔재(殘滓) 속에도
힘과 보증된 기술이 있어
그대의 최악은 모든 최선보다 우월하다고 생각하노라.
누가 가르쳤느뇨? 미워할 원인을 듣고 볼수록
나로 하여금 그대를 더욱 사랑하게 만드는 법을.
아! 사람들이 미워하는 것을 내가 사랑한다고
그들과 더불어 내 처지를 미워 말라.
　　그대의 무가치가 내게서 사랑을 일으킨다면,
　　그대에게 사랑받을 가치가 더욱 내게 있도다.

151

Love is too young to know what conscience is,

Yet who knows not conscience is born of love?

Then, gentle cheater, urge not my amiss,

Lest guilty of my faults thy sweet self prove:

For, thou betraying me, I do betray

My nobler part to my gross body's treason;

My soul doth tell my body that he may

Triumph in love; flesh stays no farther reason,

But rising at thy name doth point out thee,

As his triumphant prize. Proud of this pride,

He is contented thy poor drudge to be,

To stand in thy affairs, fall by thy side.

No want of conscience hold it that I call

Her 'love,' for whose dear love I rise and fall.

사랑은 인식을 갖기에는 너무나 어리도다.
그러나 분별이 사랑에서 탄생하는 것을 뉜들 모르리오?
그러니 마음 고운 사기꾼이여, 내 허물은 비난하지 말라,
내 죄를 그대에게 씌우게 되리니.
내 그대에게 배반당하므로
내 영혼이 더러운 육신의 모반(謀叛)에 가담케 했노라.
그때 영혼은 육신에게 하는 말이
자기가 사랑에서 승리하리라고.
육(肉)은 더 말이 나오기도 전에 그대 이름 듣자 일어나며
자기의 전리품이라 지적하는도다.
육(肉)은 뽐내며 그대의 천한 종이 되기를 바라노라,
그대를 위하여 서고 그대 옆에 쓰러지기를.
　　그녀를 사랑이라 부름은 나의 양심이 없어서가
아니어라,
　　그 사랑을 위하여 나는 일어나고 쓰러지노라.

152

In loving thee thou know'st I am forsworn,

But thou art twice forsworn, to me love swearing;

In act thy bed-vow broke, and new faith torn,

In vowing new hate after new love bearing:

But why of two oaths' breach do I accuse thee,

When I break twenty? I am perjur'd most;

For all my vows are oaths but to misuse thee,

And all my honest faith in thee is lost:

For I have sworn deep oaths of thy deep kindness,

Oaths of thy love, thy truth, thy constancy;

And, to enlighten thee, gave eyes to blindness,

Or made them swear against the thing they see;

    For I have sworn thee fair; more perjur'd I,

      To swear against the truth so foul a lie!

그대는 아시리라, 나 그대를 사랑함으로 맹세 깨뜨린
것을.
그러나 그댄 두 번 맹세 깨뜨렸도다, 내게 사랑을
맹세했었으니.
예전에 결혼을 깨뜨리고 또 새로운 신의를 깨뜨림으로
새로 사랑한 뒤에 새 증오를 맹세함으로.
그러나 왜 그대가 두 번 파약(破約)한 것을 비난하리요,
나는 스무 번이나 깨뜨리지 않았던고? 나는 최대의
위증자이라.
나의 모든 맹세는 그대를 잘못 나타낸 다짐이요,
나는 그대로 하여 모든 나의 신의를 잃었노라.
나는 굳은 맹세를 했었노라, 그대의 친절에 대하여,
그대의 사랑, 그대의 진실, 그대의 정숙에 대하여.
그대를 돋보이게 하려고 내 눈을 안 보이게 했노라,
그렇지 않다면 보는 바를 반대로 말하게 했으리라.
　　그대를 나는 아름답다고 맹세했어라,
　　더러운 거짓말로 사실과 다르게 위증한 것은
　　내로다.

153*

Cupid laid by his brand and fell asleep:
A maid of Dian's this advantage found,
And his love-kindling fire did quickly steep
In a cold valley-fountain of that ground;
Which borrow'd from this holy fire of Love,
A dateless lively heat, still to endure,
And grew a seeting bath, which yet men prove
Against strange maladies a sovereign cure.
But at my mistress' eye Love's brand new-fired,
The boy for trial needs would touch my breast;
I, sick withal, the help of bath desired,
And thither hied, a sad distemper'd guest,
    But found no cure, the bath for my help lies
    Where Cupid got new fire; my mistress' eyes.

---

* 이 소네트와 소네트 154번은 둘 다 같은 전설(傳說)을 소재로 한 5세기경의
희랍 시(希臘詩)를 자유역(自由譯)한 것이다.

153

큐피드는 그의 횃불을 옆에 놓고 잠이 들었도다.
다이애나의 시녀 하나가 이것을 좋은 기회로 보고
그 연정을 일으키게 하는 불을 재빨리
그곳 차가운 골짜기 샘에 담갔노라.
샘물은 이 사랑의 성화(聖火)에서
끝없이 지속할 영생의 열을 얻어
끓는 온천이 되도다. 이 온천을 사람들은
아직도 괴질을 치료한다 하도다.
그러나 내 연인의 눈에서 사랑의 횃불은 다시 타고.
큐피드는 시험 삼아 내 가슴에 그것을 대니
나는 곧 병이 들어 온천의 도움을 받으려
그곳으로 달려갔어라, 우울한 병객(病客)이 되어,
　　　그러나 효험은 없었도다, 나를 낫게 할 온천은
　　　큐피드가 새 불을 얻은 내 애인의 눈 속에 있으니.

154

The little Love-god lying once asleep,

Laid by his side his heart-inflaming brand,

Whilst many nymphs that vow'd chaste life to keep

Came tripping by; but in her maiden hand

The fairest votary took up that fire

Which many legions of true hearts had warm'd;

And so the general of hot desire

Was, sleeping, by a virgin hand disarm'd.

This brand she quenched in a cool well by,

Which from Love's fire took heat perpetual,

Growing a bath and healthful remedy,

For men diseas'd; but I, my mistress' thrall,

Came there for cure and this by that I prove,

Love's fire heats water, water cools not love.

언젠가 작은 사랑의 신이 잠자고 있었노라,
가슴을 불붙이는 횃불을 옆에 놓고.
그때에 순결을 맹세한 여러 선녀가
총총걸음으로 걸어왔어라.
그중에 가장 아름다운 처녀가 그 횃불을 잡았노라,
수많은 참된 가슴을 태운 그 불을.
이리하여 정열의 사령관은 잠을 자다가
한 처녀의 손에 무장해제를 당하였도다.
그 횃불을 그녀는 근처에 있는 찬 샘에 꺼 버렸노라,
그 샘은 사랑의 횃불에서 열을 얻어
온천이 되고 양약(良藥)이 되도다.
그러나 연인의 노예인 나는
　　치료하러 갔다가 시험해 본 후 깨달았노라.
　　사랑의 불은 물을 덥게 하나, 물은 사랑을 식히지
못함을.

타고난 언어 능력으로 인간에 대한 깊은 이해력을 보여 준 셰익스피어의 작품은 세대를
뛰어넘어 문화 전반에 방대한 영향을 미쳤다.

1564년   아버지 존 셰익스피어와 어머니 메리 아든의 장남으로
          스트랫퍼드어폰에이번에서 태어남. 4월 26일 세례 받음.

1582년   11월 여덟 살 연상의 앤 해서웨이와 결혼.

1583년   딸 수재너 태어남. 5월 26일 세례 받음.

1585년   아들 햄닛과 딸 주디스(쌍둥이) 태어남. 2월 2일 세례 받음.

1588-89년 식구들을 두고 런던으로 감. 런던에서 최초의 극작품들이
          공연됨.

1590-91년 3부작 『헨리 6세(Henry VI)』.

1592-94년 시집 『비너스와 아도니스(Venus and Adonis)』, 『루크리스의
          강간(The Rape of Lucrece)』 출간. 두 시집 모두 사우샘프턴
          백작에게 헌정. 로드 체임벌린스 멘 극단의 주주가 됨.
          『리처드 3세(Richard III)』, 『실수 희극(The Comedy of Errors)』,
          『티투스 안드로니쿠스(Titus Andronicus)』, 『말괄량이
          길들이기(The Taming of the Shrew)』, 『베로나의 두 신사(The
          Two Gentlemen of Verona)』.

1595-97년 『사랑의 헛수고(Love's Labour's Loar)』, 『존 왕(King John)』,
          『리처드 2세(Richard II)』, 『로미오와 줄리엣(Romeo and
          Juliet)』, 『한여름 밤의 꿈(A Midsummer Night's Dream)』,
          『베니스의 상인(The Merchant of Venice)』, 『헨리 4세 1부(Henry
          IV, Part 1)』, 『윈저의 즐거운 아낙네들(The Merry Wives of
          Windsor)』.

1596년   아들 햄닛 사망. 부친의 문장을 사용하는 것을 허가받음.

1597년   스트랫퍼드에서 뉴 플레이스 저택 구입.

1598-99년 『헨리 4세 2부(Henry IV, Part 2)』, 『대단한 헛소동(Much Ado
          About Nothing)』, 『헨리 5세(Henry V)』, 『줄리어스 시저(Julius
          Caesar)』, 『좋으실 대로(As You Like It)』. 셰익스피어의 극단이

새로운 글로브 극장으로 옮겨 감.

1600년	『햄릿(Hamlet)』.
1601-02년	시집 『불사조와 산비둘기(The Phoenix and the Turtle)』 출간.
	『십이야(Twelfth Night, or What you Will)』, 『트로일로스와
	크레시다(Troilus and Cressida)』, 『끝이 좋으면 다 좋다(All's
	Well That Ends Well)』.
1601년	부친 사망. 9월 8일 장례.
1603년	엘리자베스 여왕 사망. 스코틀랜드의 제임스 6세가 영국의
	제임스 1세가 됨. 셰익스피어의 극단이 킹스 멘이 됨.
1604년	『잣대엔 잣대로(Measure for Measure)』, 『오셀로(Othello)』.
1605년	『리어 왕(King Lear)』.
1606년	『맥베스(Macbeth)』, 『안토니와 클레오파트라(Antony and
	Cleopatra)』.
1607년	6월 5일 딸 수재너 결혼.
1607-08년	『코리올레이너스(Coriolanus)』, 『아테네의 티몬(Timon of
	Athens)』, 『페리클레스(Pericles)』.
1608년	모친 사망. 9월 9일 장례.
1609-10년	『심벌린(Cymbeline)』, 『겨울 이야기(The Winter's
	Tale)』. 『소네트(Sonnets)』 출간. 셰익스피어의 극단이
	블랙프라이어스 극장을 매입.
1611년	『태풍(The Tempest)』. 스트랫퍼드로 은퇴.
1612-13년	『헨리 8세(Henry Ⅷ)』, 『카르데니오(Cardenio)』, 『두 귀족
	친척(The Two Noble Kinsman)』.
1616년	2월 10일 딸 주디스 결혼. 스트랫퍼드에서 4월 23일 사망.
1623년	글로브 극장 시절의 동료 배우 존 헤밍과 헨리 콘델이
	편집한 셰익스피어의 극작품들이 이절판으로 출판됨. 부인
	앤 해서웨이 사망.

번역은 "사랑의 수고"이다

정정호(문학평론가)

내가 시를 번역하면서 가장 염두에 두었던 것은 시인이
시에 담아둔 본래의 의미를 훼손하지 않으면서, 마치
우리나라 시를 읽는 것처럼 자연스러운 느낌이 드는
번역을 하자는 것이었습니다. 사실 다른 나라 말로 쓰인
시를 완전하게 옮긴다는 것은 불가능한 일입니다. (……)
그래서 내가 쉽고 재미있게 번역을 해 보자는 생각을 하게
됐습니다.

— 피천득, 『착하게 살아온 나날』 서문에서

피천득과 셰익스피어의 만남——그 천재성과 문학의 요체

16세기 후반 르네상스 시대 영국에서 태어나 52세라는
짧은 생애 동안 불후의 걸작 37여 편에 달하는 시극 작품들을
발표하여 세계 최고의 시인으로 등극한 윌리엄 셰익스피어(1564-
1616)는 세계문학사의 기적이다. 많은 학자들이나 문인들이 이런
현상을 불가사의하게 여기고 셰익스피어의 천재성에 대해 다양한
논의들을 해 왔다.(심지어 어떤 학자들은 어떻게 배우까지 겸했던 한 작가가
그렇게 많은 작품들을 쓸 수 있는가에 강한 의문을 품고 셰익스피어의 실체와
정체성을 부정하기도 한다.)
　　셰익스피어가 타계한 지 400여 년이 지난 오늘날까지 전
세계 수많은 일반 독자들, 문인들, 예술가들, 연구자들이 거대한
봉우리와 깊은 바다 같은 셰익스피어 문학에 매료되어 그의

작품이 영화나 뮤지컬 등과 같은 각종 매체로 제작되는 바람에 소위 '셰익스피어 산업'이라는 말이 나올 정도다. 그렇다면 셰익스피어는 누구이며 그 문학의 핵심은 무엇인가? 피천득은 셰익스피어 탄생 400주년인 1964년에 쓴 수필 「셰익스피어」에서 세계의 어떤 셰익스피어 전문 학자들보다 더 확실하게 정곡을 찌르는 셰익스피어론을 다음과 같이 제시한다.

> 셰익스피어를 가리켜 '천심만혼(千心萬魂)'이라고 부르기도 하고 한 그루의 나무가 아니요 '삼림(森林)'이라고 지적한 사람도 있다. 우리는 그를 통하여 수많은 인간상을 알게 되며 숭고한 영혼에 부딪히는 것이다. (……) 그는 세대를 초월한 영원한 존재이다. (……) 셰익스피어는 때로는 속되고, 조야하고, 수다스럽고 상스럽기까지 하다. 그러나 그 바탕은 사랑이다. 그의 글 속에는 자연의 아름다움, 풍부한 인정미, 영롱한 이미지, 그리고 유머와 아이러니가 넘쳐흐르고 있다. 그를 읽고도 비인간적인 사람은 적을 것이다. (……) 민주국가의 지도자가 되려는 사람들은 모름지기 셰익스피어를 읽어야 할 것이다.

위 인용문의 마지막 문장 "민주국가의 지도자가 되려는 사람들은 모름지기 셰익스피어를 읽어야 할 것이다."는 공자가 『시경(詩經)』을 한마디로 요약한 "사무사(思無邪)"와 부합한다. 셰익스피어의 극과 같은 문학작품을 읽어야만 정치가, 공직자들뿐만 아니라 독자들도 민주 시민으로서 사특한 생각을 내려놓고 서로 사랑하는 정의로운 사회공동체를 건설할 수 있다는 말이리라.

피천득은 영문학 교수로 젊어서부터 시인과 수필가로 작가적 생애를 시작하였다. 그의 관심은 작품 전체를 시극으로 쓴 시인으로서의 셰익스피어였다. 르네상스 시대는 요즘처럼

산문으로 극을 쓰지 않고 시로 극을 썼다. 그래서 셰익스피어는
탁월한 극작가이면서 위대한 시인이다. 피천득은 창작하는
시인으로 셰익스피어의 각 극에 나타나는 유명한 독백들뿐만
아니라, 영국의 대표적인 14행 정형시인 소네트에 관심이 많았다.
1960년대에 피천득은 소네트 일반론, 셰익스피어 소네트 연구와
번역에 관심을 보여 짧은 일반 논문들을 발표하기도 했는데, 이
글들은 이 책의 서문으로 실려 있다.

셰익스피어 번역 작업: 피천득에게 소네트는 "산호와 진주"였다

피천득은 찰스 램과 그의 누이 메리 램이 셰익스피어 극 중
대표작을 골라 짧고 쉽고 재미있게 요약해 놓은 『쉑스피어의
이야기들』을 1957년 문교부 발행으로 출간한 바 있다. 피천득은
또한 윌리엄 셰익스피어의 소네트 154편 전부를 번역하여
『셰익스피어 소네트 시집』 단행본을 1964년 처음으로 정음사판
셰익스피어 전집의 하나로 출간하였다. 우리는 이 번역 시집에서
시 번역가로서 피천득의 특징들을 모두 파악할 수 있으며, 그의
번역 시는 운율이나 흐름은 물론 내용에서도 한국 시를 읽는
것처럼 쉽고 자연스럽다. 14행시 소네트들이 완벽하게 14행으로
맞추어 번역되었으며, 일부 소네트는 우리 시조 형식에 맞게
4행시로 3·4조와 4·4조에 맞추어 축약 번역(변안)하는 새로운
시도도 이루어졌다. 피천득의 번역 시들의 내용과 형식, 기법을
통해 연구하여 외국 시의 한국어 번역의 새로운 모형을 마련하면
좋을 것 같다.
피천득이 외국 시를 번역하며 이렇게 과감한 실험을 감행한
것은 영국의 대표적인 셰익스피어의 정형시 소네트를 한국의
일반 독자들이 쉽고 재미있게 즐길 수 있도록 철저하게 한국
고유의 시로 변형시키기 위한 시도이다. 피천득의 번역은 영국

시형인 소네트의 14행시는 사라졌지만 그 영혼은 번역된 우리 말 속에 그대로 남아 전달되고 있다.

소네트 번역에서 피천득은 번역가로서의 재능을 충분히 발휘하고 있다. 수십 년 동안 강단에서 가르치면서 원문을 읽고 또 읽고 번역된 한국어를 다듬고 또 다듬었기에 피천득의 번역은 아마도 한국문학 번역사에 남을 기념비적인 업적일 것이다. 소네트 번역을 읽고 있노라면 피천득의 탁월한 한국어 시편들을 읽는다는 느낌이 들기 때문이다. 그의 소네트 번역 시에서 우리는 화사한 한복을 입은 셰익스피어를 만날 수 있다.

영국 소네트와 한국 시조의 비교문학적 논의

피천득의 『셰익스피어 소네트』 번역에서 우리가 놓치지 말아야 할 점은 한국의 대표적인 정형시인 시조와 영국의 대표적인 정형시인 소네트의 비교이다. 시조를 "풍월"이라고 하듯이 소네트를 "시의 스포츠", 즉 "가벼운 장난이나 재치 있는 말재주"라고 풀이한 피천득은 우리나라의 연시조와 견주어 소네트의 특징을 다음과 같이 요약한다.

> 우리나라 시조에서 과거에 퇴계의
> 「도산십이곡(陶山十二曲)」, 율곡의 「고산구곡(高山九曲)」,
> 고산(孤山)의 「오우가(五友歌)」, 근래에 와서
> 춘원(春園)·노산(鷺山)·가람(嘉藍) 같은 분들의
> 연시조(聯詩調)를 연상케 한다. (……) 소네트는 엄격한
> 정형시이기 때문에 시인은 표현에 있어 많은 제한을 받게
> 된다. 즉 압축된 농도 진하고 간결한 표현을 하기 위하여
> 모든 시적 기교(技巧)를 부려야 한다. 그리고 소네트는
> 시상의 집중체(集中體)이므로 한 말 한 말이 다 불가결한

것이라야 하며 존재의 이유가 있어야 한다. 감정이나
사상의 무제한한 토로가 아니고 재고 깎고 닦고 들어맞춘
예술품이라야 한다.

— 서문에서

이어서 피천득은 소네트와 우리의 시조를 비교하여 다음과
같은 유사점이 있다고 말한다.

1) 둘 다 유일한 정규적 시형으로 수백 년간 끊임없이
사용되었다.
2) 둘 다 많은 사람들이 써 왔다.
3) 둘 다 모두 전대절(前大節)과 후소절(後小節)이 내용이나
형식에서 확실히 구분된다. 특히 소네트의 마지막 두 줄은 시조의
종장(終章)과 같이 순조로운 흐름을 깨뜨리며 비약의 미를 보여
준다.
4) 둘 다 내용에 있어 애정을 취급한 것이 많다.

피천득은 소네트와 시조의 다른 점을 첫째, 엇시조나
사설시조를 제외하고 평시조 한 편만을 고려할 때 시조는 시상의
변두리만 울려 여운을 남기지만 소네트는 작은 공간 안에서도
설명과 수다가 많다. 둘째, 시조와 달리 소네트는 순수한 자연의
미를 예찬한 것이 드물고 시상이 낙관적이며 종교적 색채가
많지만 시조는 폐정(閉靜)과 무상(無常)을 읊는 것이 극히 많고
한이 많으며 소극적이라고 말한다.
여기에서 시인 피천득과 셰익스피어 전문 학자들의 번역에
어떤 특징적인 차이가 있는지를 비교해 보면, 그 차이가
뚜렷하다. 피천득의 번역은 한국어 흐름과 독자들을 위해 좀
더 자연스러운 의역이지만, 전문 학자의 번역은 정확한 번역을
위한 직역에 가깝다. 피천득은 일반 독자들을 위해 자신의

방법으로 셰익스피어 소네트를 번역하여 훌륭한 한국 시로
새로이 재창조하고자 노력했다. 반면 전문 학자들은 시적 특성을
살리기보다 다른 학자들이나 영문학과 학생들을 위해 정확한
번역 시를 만들고자 한 것 같다. 이러한 비교는 소네트 거의
전편에 해당한다.

특히 피천득은 14행시라는 영국형 소네트의 형식을 완전히
무너뜨리고 실험적으로 전혀 새로운 3·4조나 4·4조의 짧은
서정적 정형시로 번안하여 재창작하였는데, 소네트 29번과
재창작한 시를 비교해보자.

> 운명과 세인의 눈에 천시되어,
> 나는 혼자 버림받은 신세를 슬퍼하고,
> 소용없는 울음으로 귀머거리 하늘을 괴롭히고,
> 내 몸을 돌아보고 나의 형편을 저주하도다.
> 희망 많기는 저 사람.
> 용모가 수려하기는 저 사람, 친구가 많기는 그 사람
> 같기를.
> 이 사람의 재주를, 저 사람의 권세를 부러워하며,
> 내가 가진 것에는 만족을 못 느낄 때,
> 그러나 이런 생각으로 나를 거의 경멸하다가도
> 문득 그대를 생각하면, 나는
> 첫새벽 적막한 대지로부터 날아올라
> 천국의 문전에서 노래 부르는 종달새,
> 　　그대의 사랑을 생각하면 곧 부귀에 넘쳐,
> 　　내 운명, 제왕과도 바꾸려 아니 하노라.
> 　　　　　　　　　　　　　　　　— 소네트 29번

> 내 처지 부끄러워
> 헛된 한숨 지어보고

남의 복 시기하여
혼자 슬퍼하다가도

문득 너를 생각하면
노고지리 되는고야

첫 새벽 하늘을 솟는 새
임금인들 부러우리

——「내 처지 부끄러워」

이 얼마나 놀라운 변형인가? 새로운 창작이다. 금아의 외국
시 번역 작업의 목표는 이국적 정취가 아니라 문학의 회생이다.
번역을 통한 외국 시와의 관계 맺기는 결국 외국 시를 하나의
새로운 시로 정착시키고 한국 시와 시인에게 또 다른 토양을
제공하여 외국 시와 한국 시, 외국 시인과 한국 시인(번역자)
사이의 새로운 역동적인 확장으로 나아가는 길이 아니겠는가.

나가며: 번역과 창작의 상보 관계

피천득의 번역은 영문학자나 교수로서보다 모국어인 한국어의
혼과 흐름을 표현할 수 있는 탁월한 능력을 가진 토착적 한국
시인으로서의 번역이다. 그는 『착하게 살아온 나날』의 서문에서
밝힌 바 있듯 자신의 번역 방법과 목적에 충실하였다. 금아는
영시를 가르치는 것을 시 창작 과정이나 번역 작업과 분리하지
않았다. 필자가 대학 시절 수강한 피천득의 영미 시 강의에서도
그가 학생들에게 강조한 것은 낭독(읽기), 암송, 그리고 번역이었다.
나아가 금아는 번역 작업을 자신의 문학과 깊게 연계시켰을 뿐만
아니라, 번역을 부차적인 보조 작업으로 보지 않고 "문학 행위"

자체로 보았다.

한국 현대문학사에서 개화기 때부터 시작된 다양한 서양의 번역 시는 외국 문학으로만 남지 않는다. 아니 남을 수 없다. 번역물은 우리에게 들어와서 섞이고 합쳐져서 새로운 창조물로 거듭 태어난다. 피천득의 번역 시는 한국 독자들이 "우리나라 시를 읽는 것처럼 자연스러운 느낌"이 들게 하고 "쉽게 재미있게 번역"되어 한국문학에 새로운 토양을 마련하였다. 이것이 번역문학가로서 피천득의 가치이며 업적이다.

한마디로 번역문학가로서 피천득의 업적은 외국 시의 한국문화화이다. 피천득에게 번역은 기계적인 과정이 아니라 피와 땀을 흘리는 거의 고통에 가까운 노동이었다. 원문 텍스트의 언어뿐 아니라 문학사, 나아가 문화 전체에 대한 통찰력이 용해된 종합적인 작업이었다. 이러한 번역이라는 노고가 피천득에게는 "사랑의 수고"일 수밖에 없었다. 물론 그 수고의 결과는 고통을 넘어 기쁨이었으리라.

금아 번역 작업의 배후에는 금아가 15세 무렵부터 읽고 심취했던 "일본 시인의 시들 그리고 일본어로 번역된 영국과 유럽의 시들"이 있고 그 후에 애송했던 "김소월, 이육사, 정지용 등"의 시들이 있었다.(『착하게 살아온 나날』) 그의 이러한 면모를 볼 때 피천득의 번역 작업은 고전 한국 시 전통뿐만 아니라 현대 한국 시 전통과도 맞닿아 있다고 볼 수 있다.

앞으로 번역문학가로서 피천득에 대한 접근은 그의 문학세계 전체와의 관계 속에서 이루어져야 한다. 특히 그의 번역 시들과 창작 시편들을 형식과 주제의 양면에서 비교문학의 방법으로 연계시켜야 한다. 다시 말해 금아는 자신의 외국 시 번역 작업을 자신의 시 창작의 훈련 과정과 연계시켰으며, 번역 작업과 번역 시 자체의 독립적인 가치를 인정하였다.

그러나 피천득은 물론 외국 시를 번역할 때 한국 토착화에만 중점을 둔 것은 아니다. 금아는 번역 시 선집 『착하게 살아온

나날』의 서문에서 각 국민문학의 타자성을 포월하여 이미
양(洋)의 동서를 넘나드는 문학의 보편성 문제를 제기한 바 있다.
'지방적인' 것과 '세계적인' 것이 통섭하는 '세방화(glocalization)'
시대를 가로질러 타고 넘어가는 새로운 세계시민주의적 현상을
피천득은 직시하고 있었다. 모국어인 한국어는 물론 중국어(고전
한문 포함), 일본어 그리고 세계어인 영어에도 탁월한 능력을
보인 금아는 외국어 소양과 번역을 통해 보편 문학으로써의
세계문학을 꿈꾸었다고 볼 수 있다. 번역은 이미 언제나 인류
문명사에서 가장 중요한 문명 이동과 문화 교류의 토대가 된
소통의 방법이었다. 이러한 번역이라는 이름의 소통이 없었다면
인간세계는 결코 지금처럼 전지구화(세계화)를 이룩해내지 못했을
것이다. 이런 시각에서 우리는 피천득의 외국 시와 산문의
번역 작업을 한국 번역문학사의 맥락에서 나아가 한국문학의
세계화의 과제 앞에서 본격적으로 재조명해야 할 것이다.

세계시인선 30　　셰익스피어 소네트

1판 1쇄 펴냄 2018년 6월 1일
1판 11쇄 펴냄 2024년 5월 2일

지은이　　윌리엄 셰익스피어
옮긴이　　피천득
발행인　　박근섭, 박상준
펴낸곳　　(주)민음사

출판등록　1966. 5. 19. (제16-490호)
주소　　　서울시 강남구 도산대로1길 62
　　　　　강남출판문화센터 5층 (06027)
대표전화　02-515-2000 팩시밀리 02-515-2007

www.minumsa.com

ⓒ 피수영, 2018. Printed in Seoul, Korea

ISBN 978-89-374-7530-6 (04800)
　　　 978-89-374-7500-9 (세트)

세계시인선 목록